風は山から吹いている

Why
climb mountains
with me?

C O N T E N T S

装幀：坂野公一（welle design）　装画：新直子

風は山から吹いている

Why climb mountains with me?

プロローグ

「……死んだ？」

　懐かしいようで懐かしくない。むしろ苦々しい思い出だけが大きく残ってしまった人の名前と、それに続いて聞こえた「死んだ」という言葉が、意味を理解する前に耳の奥で溶けて消えた。

　一人暮らしをするアパートの一室は、ただただ静かで、電話の相手の息遣いがざらついて聞こえる。

　思わず、手にしていたスマホを耳から離し、画面をまじまじと見つめた。電話の向こうで、相手が「俺も突然で驚いたよ」と肩を落としているのがわかる。

　慌てて耳元にスマホを押しつけ、喉の奥からなんとか言葉を捻《ひね》り出した。

なんで？　と聞くと、山に登っていたらしいと答えが返ってきた。

どこの？　と聞くと、相手は「どこだっけ」「忘れちゃった」と言いながらも、最終的に思い出してくれた。

「長野県の宝剣岳《ほうけんだけ》、だったと思う」

滑落して死んだんだって――電話の相手はそう言い、こちらに慰めの言葉を二、三かけて、電話を切った。葬儀の日程や場所はおいおい連絡がいくだろう、ということだった。冷静なように聞こえたが、声の裏に確かな動揺が感じられた。

待ってくれ、と何度も言おうとしたが、スマホからはすでに何の音も聞こえなかった。自分だけが、彼の死から置いていかれたみたいだった。

「嘘《うそ》だ」

声を発した喉が熱くなる。嘘だ、嘘だ、嘘だ、嘘だ……言えば言うほど、彼の死が現実になっていく。

第一章

筑《つく》波《ば》山《さん》は晴れている

「お、筑波岳《がく》じゃないか、奇遇だな」

　授業を終えて教室を出ると、廊下の先から見覚えのある大柄な男に名前を呼ばれた。「またか」と、筑波岳は盛大に溜《た》め息をつく。タイミングよくチャイムが鳴って、いい具合に掻《か》き消してくれた。

「あ、またクライミング部の部長か」

　同じ授業を取っていた友人の小島《こじま》が、「じゃあ、また午後の授業で」と岳の肩を叩《たた》いて去っていく。新入生ガイダンスで知り合ってからの短い付き合いだが、あの男に巻き込まれると面倒だと、小島はよーく理解しているのだ。

　軽快に走り去っていく小島と入れ替わるようにして、大柄な男は岳に近づいてくる。さも当然という顔で岳の隣を歩き始めたと思ったら、おもむろに岳の肩を叩いてくる。同じ〈肩を叩く〉でも小島とは圧が違う。全く違う。

「なあ筑波岳、スポーツクライミングやろうや」

「遠慮しておきます」

さり気なく歩調を速め、男と距離を取る。そんなささやかな抵抗を、彼はあっさりと詰めてくる。

「こんなにしつこく誘ってるのに、筑波も折れないなあ」

「しつこいって自覚、あったんですか……」

スポーツ科学部の三年生であり、慶安《けいあん》大学スポーツクライミング部の部長でもある国方《くにかた》晃《あきら》は、しめしめという顔で岳を見下ろしていた。

みちみちと引き締まった膨《ふく》ら脛《はぎ》と二の腕は、岳が逃げようものなら獣のごとく追いかけて踏ん捕まえる気満々だった。半袖シャツの上からでも、上腕二頭筋、三角筋、大胸筋が山脈のように連なって一枚の大岩のようになっているのがわかる。如何にもスポーツ科学部、如何にもクライミング選手という出で立ちだ。

「筑波も、うちのクライミング部がまあまあ強いのはよーく知ってるだろ。筑波が入ってくれると他の連中も喜ぶと思うんだが」

岳がこの慶安大学に入学して、もうすぐ二週間になる。一体どこで自分のことを知ったのか、この国方という男は学食、中庭、廊下、ラウンジと、キャンパス内で顔を合わせるたびに「なあ筑波岳、スポーツクライミングやろうや」と勧誘してくる。

しかもここ数日は、明らかに岳を待ち伏せして、こうして声をかけてくるのだ。そのせいで、受けている講義や学内にいる時間帯、ロッカーの場所や学食でよく注文するメニューまで把握されてしまった。その上、話し始めると長くてしつこい。

最初は付き合ってくれていた小島も、巻き込まれる危険を察知して岳を見捨てていくようになった。岳とセットで自分までクライミング部に入部させられると思ったのかもしれない。岳も、その可能性は大いにあると感じていた。

「俺、そんな強いクライマーじゃないですって、何度も言ってるじゃないですか」

廊下を歩く学生達の波に乗って中庭に出て、学食へ向かう。国方はなかなか離れてくれない。燦々《さんさん》と降り注ぐ春の日差しは、ほのかに初夏の香りを孕《はら》んでいた。レンガ敷きの中庭に反射した光が眩《まぶ》しくて、岳は顔を顰《しか》めた。

そんなことはものともせず、国方は続ける。

「花見《はなみ》川《がわ》総合高校クライミング部の出身で、インターハイ出場経験もある。うちの部にはもったいないくらいの経歴だ」

「そりゃあ、聞こえのいい情報だけ並べたらそうかもしれないですけど」

岳が通っていた千葉にある花見川総合高校は、確かにスポーツクライミングの強豪校だ。インターハイの常連で部員数も多く、校舎の吹き抜け部分には巨大なボルダリングウォールまであった。

十数メートルの人工の壁に、ホールドと呼ばれる大小さまざまな形のカラフルな突起が取りつけられ、クライマー達がそこをするすると登っていく光景は、何だかとても神々《こうごう》しく見えた。

今から思えば、天窓からキラキラとした陽《ひ》が差していたせいだったのではないか、と思う。神聖な儀式でも見ている気分に、勝手になってしまったのだ。

中学まではバスケ部だったが、物珍しさに惹《ひ》かれて岳はクライミング部に入部した。幸運にもこの競技と自分は相性がよかったようで、高校一年の夏には県大会で入賞し、二年、三年とインターハイに出場するまでになった。

でも、それだけだった。

「別に全国優勝したわけじゃないし、日本代表に選ばれたこともないですし」

クライミング選手に上中下とランクがあるとすれば、自分が下の方の選手だと思ったことはない。だが、上には上がいる。オリンピックに出場するとか、マスコミに頻繁に取り上げられるとか、そういう〈一流のクライマー〉は、上の上の上……岳がどれだけ手を伸ばそうと届かない場所にいた。練習、経験、運、気合い、根性、何をどう補っても届かない。

「そう言わず、練習だけでも見学してみないか？　週二回、大学の側のクライミングジムで。

部員数は五十人。和気藹々《あいあい》としていていい部だと思う」

「大学ではクライミングは続けないって、前々から決めてたんです」

「そこをなんとか。もう四年……いや、うちの部は三年で引退だから、あと三年だな。一緒にもうちょっとだけ登ってみない？」

両手でホールドを摑《つか》む動作をしてみせる国方に、岳は今度こそ目の前で溜め息をついた。立ち止まって両腕を腰にやって、思い切り息を吸って、大きく吐き出す。

はっきり見せつけてやらないと、この人は諦めないだろう。

「国方先輩、俺はですね――」

そのときだった。

中庭に降り注いでいた陽の光が、一瞬だけ遮られた。

風が吹いた。少し強めの風だった。巨大な鳥が頭上を通過したような気がして、岳は咄嗟《とっさ》に空を仰ぎ見た。

自分の顔に影が差して、思わず一歩後退《あとずさ》った。国方が「おっ」と声を上げた。

帽子が中庭の上を舞っていた。

中折れ帽か、カンカン帽か、そんなシルエットに見えた。反射的に手を伸ばすと、まるで岳に吸い寄せられるようにふわりふわりと落ちてきた。

「……帽子」

帽子には長い顎紐《あごひも》がついていて、それが岳の頬を掠《かす》める。頬骨のあたりに、引っ掻かれたような熱が走った。

摑み取った帽子は温かかった。太陽の光をたっぷり吸った温かさだった。モスグリーンの布地からは、土の気配が滲《にじ》む湿った香りがした。形は中折れ帽に似ているが、防水とUVカット加工が施されているように見えるし、材質的にも間違いなくアウトドア用だ。

「どこから飛んできた？」

国方があたりを見回す。意外と近く——少し高いところから、「おーい」と声が飛んできた。

中庭の一角に建つクラブハウス棟の玄関の上から、こちらに手を振る人がいた。

男だった。学生なのかはたまたそれ以外の何者かなのだろうか、どう見ても屋根の上にいる。中庭を行き交う学生達が堪《たま》らず足を止め、彼と岳達を交互に見た。

「ごめーん、その帽子、俺の！　拾ってくれてありがとう」

岳が手にした帽子を指さし、「悪いんだけど、ここまで持ってきてくれない？」と彼は声を張った。高いところにいるせいだろうか、雑踏をするすると通り抜けるような、輪郭のはっきりとした声だった。

「二階の、ミステリ研究会の部室があるところまで、よろしく」

こちらは何も返事をしていないのに、彼はそうとだけ言って背後の窓から部屋の中へ引っ込んでしまう。あまりに軽やかな動作で、呆然《ぼうぜん》と見送るしかできなかった。

「あれは三年の梓川穂高《あずさがわほだか》だ」

自分で取りに来いよ、と岳が言いかけたところで、隣にいた国方がぽつりと呟《つぶや》いた。

「知ってるんですか、あの人のこと」

「学部は違うが同級生だからな。あいつは有名人だ。主に、変わり者だってところで」

「変わり者とは」

「コンビニでも行く感覚で山に登る。いつでも登山に行ける恰好《かっこう》で大学をうろうろしてるから、顔は学部や学年関係なく結構知られてるんだ。そのうち、どこかの山で遭難してニュースになるんじゃないかって」

クラブハウス棟の屋根を見上げた国方は、おもむろに両腕を組んで、何故か思慮深い顔をした。眉間にわずかに皺《しわ》を寄せたと思ったら、「なるほど、穂高か」と、一体何が「なるほど」なのかわからないが満足そうに頷《うなず》く。下の名前で呼ぶあたり、意外と親しい友人同士なのだろうか。

「とりあえず、穂高に帽子を届けてやったらどうだ」

そう言うと、先ほどまでのしつこさはどこへやら、国方は胡散臭《うさんくさ》い笑顔でサムズアップをして、食堂の方へ向かって行ってしまった。いつもはもっとぐいぐいと迫ってくるのに、今日は異様に引くのが早い。恐ろしいくらい早い。

首を傾《かし》げたまま、岳はしばらくその場に立ち尽くしていた。手にした帽子はまだ温かい。先ほど頬に当たった顎紐がふらふらと緩い風に揺れている。

仕方なくクラブハウス棟のドアを開けると、カップラーメンと汗と埃《ほこり》の匂いがした。三つが薄く何層にも重なり合ってできたような奇妙な匂いだ。高校時代に入り浸ったクライミング部の部室の匂いともまた違う。混沌《こんとん》としている。

三階建ての建物の二階に上がると、階段の目の前に「慶安大学ミステリ研究会」というプラカードが貼りつけられたドアがあった。その下に小さく「登山部」と書かれた付箋が所在なさげに貼り付けられている。

これは、二つの団体が一つの部屋を共同で使っているということだろうか。それにしてもミステリ研究室と登山部が同室とは……インドアな団体とアウトドアな団体を同じ空間にぶち込んでいいのだろうか。

恐らく、屋根の上にいたあの人は登山部なのだろう。見るからにアウトドア用な風体の帽子と、ドアに貼られた付箋を交互に見比べて、岳はドアをノックした。自分の眉間にうっすら皺が寄っているのがわかった。

中からはすぐに、「はーい、どうぞー」と応答があった。

ドアを開けると、梓川穂高は窓枠に腰掛けて手を振っていた。スカイブルーの防水ジャケットを羽織って、ショートパンツの下には登山用と思われる黒タイツまで穿《は》いて、国方の言葉の通り今から登山にもキャンプにも行けそうな出で立ちだ。足首までしっかり覆うような無骨なブラウンのブーツは、どう見ても登山靴だし。

もう一人、部屋の中央に置かれた長机で、眼鏡をかけた男子学生がサンドイッチを頬張りながら本を読んでいる。こちらはどう見てもミステリ研究会の人間だろう。山なんて一生登らなそうな色白さをしていた。

「ども」

短く挨拶をして、岳は部室に足を踏み入れる。ドアと窓以外の壁が本棚で埋め尽くされた室内は完全にミステリ研究会の領域だった。登山部の気配はどこにもない。

「悪いね。わざわざありがとう」

そう言いながらも、梓川穂高は帽子を受け取ろうとはしなかった。しかも、そのまま窓枠を跨《また》いで再び屋根の上に出てしまう。

「登山部の部室は、その窓の外なんだよ」

ポカンと立ち尽くす岳に、ミステリ研究会の学生が初めて口を開いた。説明してくれる割に、本から顔を上げすらしない。右手でひょいと窓の外を指さし、「外」と繰り返す。

彼は、岳が一度だけ読んだことがあるミステリ小説に登場した、名探偵の助手のイメージにぴったりな容姿をしている。ひょろりとしたシルエットとセルフレームの眼鏡の組み合わせは、謎は解けなさそうだが思いもよらぬヒントをもたらしてくれそうな雰囲気だった。

「……外？」

「僕が追いやってるわけじゃないからね？　うちの大学の登山部、部員が穂高君しかいなくて、彼がそこがいいって言うから」

恐る恐る、岳は窓に近づいた。

彼の言葉通り、部室の窓の外――クラブハウス棟の玄関の屋根に当たる場所に、オレンジ色のドーム型テントがある。折りたたみ式の椅子の横には、小振りなガスバーナーに丸いガス缶とステンレス製のケトルがセットされていた。中で湯が湧いている。四畳ほどのスペースに作られた、小さなキャンプ場だ。

「ホントに屋根の上なんですか、部室……」

屋根の上にテントを張るのも、火器の使用も、大学から許可を得ているのだろうか。

多分、得ていない気がする。

「帽子を拾ってくれたお礼にコーヒー飲んで行きなよ。すぐに淹《い》れるから」

水筒のように細長いコーヒーミルのハンドルをぐるぐると回しながら、梓川穂高は岳を手招きする。帽子を渡したらすぐに立ち去ろうと思っていたのに、「もう二人分の豆、挽《ひ》いてるから」と駄目押しされ、ついでにミステリ研究会の彼から「窓枠が高いから気をつけてね」と言われてしまい、岳は押し流されるように窓の外に出た。

屋根に降り立つ。玄関の真上なお陰で足場は平らで安定していた。中途半端な高さは意外と恐怖心が煽《あお》られるのだが、クライミングウォールからの眺めに比べたら可愛いものだった。

スポーツクライミングでは、高校生だって十二メートル以上の壁を登る。いくら命綱で安全が確保されているとはいえ、初めて十メートル以上を素手で登ったときは胆《きも》が冷えた。

「高尾山《たかおさん》で今朝汲《く》んできた湧き水で淹れるから、美味しいと思うよ」

「高尾山に登ったんですか？　朝から？」

「そう。昨夜、キャンプ場で一泊して、朝五時から高尾山、城山《しろやま》、小仏峠《こぼとけとおげ》、景信山《かげのぶやま》をぐるっと回って、そのまま登校したの」

さっき一階でシャワー借りたし着替えもしたから、臭いは大丈夫だと思うんだけど……と襟元《えりもと》の臭いを嗅ぐ姿に、先ほど、国方が彼を「変わり者」と言っていたことを思い出した。

クラブハウス棟の屋根の上でテントを張っている時点で充分変なのだが、まさか登校前にひと山登ってしまうなんて。「コンビニでも行く感覚で山に登る」とはよく言ったものだ。

「あの、とりあえず帽子」

モスグリーンの帽子を差し出すと、彼はコーヒー豆を挽く手を止めて「そうだった、ありがとう」とにこやかに受け取った。岳に折りたたみ式の椅子を勧め、自分は屋根に直に腰を下ろす。

「君、筑波岳っていうんでしょ」

恐る恐る椅子に腰掛けた岳の名前を、彼は涼しい顔で言い当てた。

「どうして俺の名前を知ってるんですか」

「国方にしつこく勧誘されてるのを何度か見かけたから」

にやりと笑った彼に、首のあたりが熱くなる。見ず知らずの先輩にまでそんな風に認識されていただなんて。

「国方も君も大変そうだなあ、って思って遠目に見てたんだよ」

大変なのは俺だけですよ、と言い返しそうになって、肩を落とす。

豆を挽き終えたらしく、彼は背後のテントから金属製のマグカップを二つと、これまた折りたたみ式のフレームドリッパーを取り出した。カップにドリッパーとペーパーフィルターをのせ、粉になったコーヒーを入れ、湯を注ぐ。白い湯気と一緒に、コーヒーの酸味を含んだほろ苦い香りが立ち昇る。

「俺の名前、梓川穂高っていうんだよね。だから奇遇だなと思って」

「どういうことですか」

どうぞ、と渡されたマグカップを受け取ると、自分の分のコーヒーを用意しながら、一体何が面白いのか彼は笑う。

あ、しまった、と思った。今、彼の掌に自ら飛び乗ってしまった気がした。

「〈穂高〉は、飛《ひ》騨《だ》山脈にある穂高連峰からきてる。奥穂高岳、涸沢岳《からさわだけ》、北穂高岳、前穂高岳、西穂高岳、明神岳《みょうじんだけ》とかをまとめて穂高連峰っていうんだけど、その総称が穂高岳なんだ。日本百名山にも数えられる、標高三〇〇〇メートル越えの山。ちなみに、〈梓川〉はその飛騨山脈の槍ヶ《やりが》岳《たけ》を源流とする川の名前」

飛騨山脈、穂高岳、日本百名山と言われても、岳の頭には何のイメージも湧かない。目の前には、まだ見慣れない大学のキャンパスが広がっているだけ。先ほど自分と国方がいたあたりで、数人の男女のグループが喋《しゃべ》っている。

対して、この男の目は輝いていた。鹿のような丸く澄んだ目は磨き上げられたメノウみたいで、そこに夏山と空と雲が見えそうだ。

「〈筑波〉といえば茨城県つくば市の筑波山。男体山《なんたいさん》と女体山《にょたいさん》で二股に分かれたあの姿、いいよねえ。それに加えて下の名前が〈岳〉だなんて、山登りさせたくなる名前だ」

　ついさっきまで、頭の片隅でかすかに、この人は国方にしつこく付きまとわれている自分を助けてくれたのかもしれない、という思いがあった。が、どうやら考えすぎだったみたいだ。

　これはもしかしたら、国方に加えて、いや、国方より厄介な人間に捕まってしまったのかもしれない。

「確かに、実家はもともと茨城に縁があるって聞いたことがありますけど、それだけですよ。スポーツクライミングをやってたってだけで、登山経験もないです」

　岳という名前は「山のように大きな人間になれ」というのが由来だったはずだ。別に両親が山好きだったわけでも、登山が趣味だったわけでもない。休日に家族で山登りなんてことをした記憶もない。

「そりゃあよかった。なら、これからいろんな山を登る楽しみがあるね」

　自分のマグカップでコーヒーを啜《すす》った梓川穂高を、どうしようか一瞬だけ迷った末に、岳は睨《にら》みつけた。マグカップの材質はチタンだろうか。春の日差しを反射して鈍く光ったカップに、笑い飛ばされた気がした。全く同じデザインのカップを持った自分の指先は、少し冷えている。

「ねえ、山、登ってみない？」

ふふっと笑った彼に、やっぱりそうきたか、と溜め息をつく。

「登らないですよ」

尖《とが》った声色で返したのに、まるで聞こえなかったかのように梓川穂高は表情を変えない。

「なんで俺を誘うんですか」

「筑波岳なんて、山登りをすべくして生まれてきたような名前だからね」

まさか、本当にそれだけだというのか。それだけで、見ず知らずの一年生を山登りに——要するに登山部に勧誘しているのか、この男は。

「あの、梓川先輩」

「俺、穂高って名前が気に入ってるんだよね」

「……穂高先輩、俺はたまたま飛んできた帽子を拾っただけで」

「登山部は上下関係が緩いから、〈先輩〉じゃなくて〈さん〉でいいよ」

咳払《せきばら》いをして、改めて「穂高先輩」と低めの声で投げつけるように言ってやる。

「国方先輩にも散々言ってるんですけど、俺、クライミングは高校までで辞めるって前々から決めてたんです。大学でスポーツ自体しようって気持ちもないです」

諦めどころを見極める能力は、アスリートに必要な力に一つだと、岳は高校三年間で学んだ。

るずる飲み込まれていく。あったはずの選択肢をいつの間にか失い、どこにも行けなくなってしまう。

潮時を見誤ると、逃げられなくなる。そこは自分の居場所ではないのに、抜け出せずにずるずる飲み込まれていく。あったはずの選択肢をいつの間にか失い、どこにも行けなくなってしまう。

なんとなく辞めたのではない。考えがあって辞めたのだ。はっきりとそう伝えたはずなのに、穂高は自分が淹れたコーヒーを美味そうに飲むばかりで顔色一つ変えない。

「いいじゃない、辞めたきゃ辞めれば。俺は別にアスリートがほしいんじゃなくて、登山仲間がほしいなと思って君を誘ってるんだから」

冷める前に飲んでよ、と穂高がマグカップを指さしてくる。言われるがままカップに口を寄せ、一度だけ息を吹きかけて飲んだ。ほろ苦く、香りの通りわずかに酸味がある。湧き水とやらの力なのかわからないが、舌や喉に引っかからない澄んだ苦味だった。

ああ、またこの人の懐に自分から入って行ってしまったと気づく。

「登山は確かにアウトドアスポーツの一種だけど、スポーツクライミングと違って勝ち負けはない。追いかけなきゃいけないタイムも順位もない。ただ、登りたい山に登って、見たい景色を見て、いい気分になって下界に降りてくるだけ」

ふと、穂高の視線が頭上に向いた。淡い色味の春の空に一点、黒い影が漂っている。羽田《はねだ》へ着陸するのか離陸した直後なのか、飛行機が上空を横切っていった。

「お昼まででしょ？」

テントの中から紺色のザックを引っ張り出した穂高は、魔法の杖《つえ》でも手にしたような顔でホットサンドメーカーを取り出した。昨夜キャンプをしたというのも本当のようで、ザックからは次々と食材が姿を現す。

まただ。また、こちらは何も言ってないのに、自由気ままに事を進めていく。温まったホットサンドメーカーにチューブのバターをたっぷりと垂らし、黄金色に溶けた頃合いで食パンとハムとチーズを挟んで焼き始める。

この間、岳が仏頂面をしていても、彼は気にも留めなかった。

「筑波山に登ったことはないの？」

ホットサンドメーカーを見つめながら、穂高が聞いてくる。岳は首を横に振った。糸が切れた凧《たこ》のごとく飄々《ひょうひょう》としたこの男の掌で踊らされて堪るかと、黙ってコーヒーを飲み続けた。

「筑波山を見たことは？」

しばらくして、もう一度聞かれる。また首を横に振る。「へえ」と相槌《あいづち》を打って、穂高はホットサンドメーカーをひっくり返した。

素っ気ない見た目のホットサンドメーカーからチーズの溶ける匂いと、笑い声みたいな香ばしい音がし始めた頃、穂高の目の色が変わった。

何かを閃《ひらめ》いた——脳裏に鮮やかな絵の具で何かが描き出された、そんな顔だった。

「じゃあこれでどう？　今週末、俺と筑波山に登ろう。下山したら、もう君に話しかけることはしない。まあ、国方は諦めずに君を勧誘するかもしれないけど、とりあえず登山部としては君を勧誘することは諦める」

　そう言って、彼はホットサンドメーカーの留め具を外した。ぱかん、と気持ちのいい動きだった。焦げ目のついた食パンにナイフを入れ、半分を紙ナプキンで包んで岳に渡す。

「熱いから早く持って」

　岳の掌に、できたてのホットサンドを押しつけてくる。あまりの熱さに思わず「うわ」と声を上げてしまった。カリカリに焼き上がり、ほんのり潰れた食パンからはみ出したチーズが、脈打つように岳の手の中で熱を発する。

　ざらついたパンの焦げ目が、どうしてだか行ったこともない筑波山の、登山道に茂る木々や草花、土や岩の匂いを連想させる。何の変哲もない、スーパーで安売りされてそうな食パンとハムとチーズのくせに、と思ってしまう。

「俺と君は体格もほとんど一緒みたいだし、登山道具一式は俺のを貸す。一度くらい、自分と同じ名前の山に登ってみるのもいいんじゃない？」

　ホットサンドにかぶりつき、「食後にもう一杯、コーヒー淹れようか」と穂高が再びコーヒーミルを取り出す。一体、テントの中には、ザックの中には、他に何が入っているのだろう。ミルが反射した春の日差しに顔を顰めながら、岳はふと思った。

かぶりついたホットサンドは美味かった。ただの食パンとハムとチーズを焼いただけなのに、奇妙なくらい特別な食べ物に感じてしまう。

「山の上で食べると、もっと美味しいよ」

美味いなんて一言も言ってないのに、ミルでゴリゴリとコーヒー豆を挽きながら、すべて見透かしたように穂高が笑いかけてくる。賭けに勝つのを確信している顔だった。間違いなく、そうだった。

登りませんよ。登ったら最後、貴方から逃げられないじゃないですか。

用意した言葉が、コーヒーの香りに押し流されて、どこかに行ってしまう。

*

国方だけでも辟易しているというのに、梓川穂高にまで付きまとわれたら堪ったもんじゃない。タイプの違う粘着質な先輩の、せめて片方だけでも振り払えるなら、登山に一度付き合うくらい楽なものだ。

そんな浅はかな考えで筑波山登山を了承してしまったことを、秋葉原《あきはばら》駅のＪＲ線ホームで牛乳を一気飲みしながら、岳は早々に後悔していた。

午前八時に秋葉原駅集合。つくばエクスプレスで茨城県つくば市へ向かう。岳が一人暮らしをしているアパートは高田馬場《たかだのばば》にあるから、べらぼうな早起きを強いられるわけではない。むしろ、中学、高校と朝練のために早起きするのが当たり前の生活だっただけに、これぐらいの早起きは苦にならない。

とはいえ、気乗りしない予定のための早起きとはなかなか苦痛なものなのだと、空になった牛乳瓶を見つめながら思った。

ホーム上にあるミルクスタンドは、土曜の朝も牛乳を求める人で忙《せわ》しなかった。岳の隣でも、立ったままあんパンをかじり牛乳で飲み下す会社員の姿がある。

空になった牛乳瓶を店員に渡し、その場で今朝握ってきた塩むすびを頬張って朝食を済ませ、深々と息を吸って、吐いて。覚悟を決めて、集合場所である地下のつくばエクスプレスの改札へ移動した。

穂高の姿はすぐに見つかった。先日、クラブハウス棟の屋根で会ったときと全く同じ服装だった。蛍光色に近いスカイブルーの防水ジャケットが、地下の薄暗い改札前で異様に目立って見えた。

「靴、きつくなかった？」

開口一番、岳の足下を指さして聞いてくる。「登山道具一式は俺のを貸す」という宣言通り、彼と出会った翌日に大学のロッカーを開けると、登山靴とライムグリーンのマウンテンパーカー、岳が拾ったモスグリーンの帽子が入っていた。

約束はしたものの、なあなあで終わるのではないかという希望的観測と、何も入れてないからとロッカーに鍵すら掛けていなかったことを嘲笑《あざわら》われたみたいだった。ロッカーにネームプレートはなく、学籍番号だけが印刷されている。一体、どうやって岳の学籍番号を知ったのか。

「大丈夫そうです」

爪先で床をトントンと衝いてみせる。腹立たしいことに、借りた登山靴は岳の足にぴったりだった。ちょっとでもきつかったら、緩かったら、今日の筑波山登山を断る口実になったのに。

「ちゃんと重ね着してきた？」

ホームへ階段を下りながら、穂高がこちらの服装をじっくり確認してくる。

「メモに書いてあった通り三枚着てきましたよ」

ロッカーには登山時の服装の注意点をまとめたメモが一緒に放り込まれていて、体温調節がし易いようレイヤード——要するに重ね着をしてこいと太字で書いてあった。汗が乾きにくいから綿素材のものはNGとあったから、高校時代に部活で着ていた吸水速乾のカットソーとスウェットのトレーナーを着て、ズボンにはストレッチパンツを選んだ。穂高から借りたマウンテンパーカーを羽織れば、見た目は立派な登山客だ。

　モスグリーンの帽子だけは、家から被っていくのが妙に気恥ずかしくて、ザックの中に入れっぱなしになっている。

「山は下界より気温が低いし、天気も変わりやすいから、急に気温が下がったり雨に降られたりしたときのために、しっかり重ね着していくのが基本なんだよ」

　説明する穂高の口振りは妙に楽しそうだった。おいおい、俺はまだ登山部の後輩になったわけじゃないからな。そう喉まで出かかったが、ホームに下りるとちょうど電車がやって来た。

「さーて、じゃあ、楽しく筑波山へ行こうか」

　銀色の車輌《しゃりょう》に乗り込んでいく紺のザックが意気揚々と上下に揺れる。つくば駅までは四十分ちょっと。せめて離れて座りたいなと思ったのだが、穂高は当然という顔でボックス席で岳と向かい合った。

　ところが、電車内でも、駅から筑波山の登山口へ向かうシャトルバスの中でも、穂高はほとんど岳に話しかけてこなかった。窓枠に頬杖をついて、今日は気温も高すぎず登山日和だとか、天気がいいから景色が綺麗《きれい》だろうとか、そんな話をした程度だ。

お陰でこちらは、車窓からの景色が都会のビル群から徐々に田園風景に変わっていくのをのんびり眺めることができたし、途中でうたた寝までできた。

ただ、シャトルバスから筑波山の姿が見えるようになって、それが徐々に大きくなっていくのに比例して、向かいに座った彼の両目が期待で満ち満ちていくのに気づいた。

勘弁してくれ、と思った。

田園の向こうにそびえる筑波山は、先日穂高が言っていた通り山頂が二つに分かれていた。通路側の席に座った穂高がぬっと手を伸ばしてきて、双子のように対になった山の頂を指さす。

「西側が男体山、東側が女体山で、実は女体山の方がちょっとだけ高い」

「へえ、そうなんですか」

「標高は八八七ｍだから、そこまで高い山じゃないんだ。登山ルートはいくつかあるんだけど、今日は白雲橋《しらくもばし》コースで行こう。急坂が多いコースだけど、スポーツクライミングやってたならなんてことないよ。緑が映えて景色もいいし、『弁慶七戻《べんけいななもど》り』とか『胎内くぐり』とか、怪石スポットを順番に巡れるルートだから」

「それはよかったです」

自分でも適当すぎるな、と思う相槌だった。なのに、彼は意に介さない。会って話すのはまだ二回目だというのに、よくわかる。どうやら、この男のエンジンがかかってきてしまったようだ。

「ちなみに、穂高先輩は登ったことがあるんですよね、筑波山」

問いかけたところで、バスが停《と》まった。カラフルな出で立ちの乗客達が一斉に荷物を手に席を立つ。

「いや、ないよ」

荷棚から岳の分のザックを降ろして、穂高が首を横に振る。

「……ないんですか」

「一度登ってみたかったんだよね」

ということは、俺は筑波山を登るためのきっかけにされたということか。ザックを背負って、岳は小さく小さく唸《うな》った。前を行く穂高にも聞こえたの思うのだが、彼は機嫌よく歩いていくだけで何の反応も示さない。

シャトルバスに乗っていたのは当然ながら登山客ばかりだ。ぞろぞろと歪《いびつ》な列を作って歩道を進み、赤い鳥居を潜《くぐ》ってまずは神社へ向かった。筑波山神社という立派な神社で、登山客はここで参拝してからそれぞれの登山ルートに向かうのだと、穂高が聞いてもいないのに話してくれた。

賽銭箱《さいせんばこ》に十円玉を投げ入れ、何を祈ろうか迷って、「平和な大学生活が送れますように」と念じた。顔を上げると、隣で穂高がまだ手を合わせていた。岳が参拝の列から外れてもまだ祈っていた。

「何をそんなに願うことがあるんですか」

やっとのことで賽銭箱の前から離れた穂高に、思わず聞いてしまう。

「そりゃあ、今日の登山が事故もなく平和に安全に下山できるように、でしょ？」

「事故が起こるような山ですか？　小学生でも登れるのに」

現に岳達の前には、小学生くらいの子供を連れた家族が何組が歩いている。服装からして、このまま筑波山へ登るようだ。

「確かに、筑波山はケーブルカーとロープウェイを使えばあっという間に山頂近くまで登れるし、小学生が遠足で来るような山だよ。初心者にもチャレンジしやすい」

自分だって初めて登るというのに、まるで何度も登山経験があるかのような口振りで穂高は続ける。

「でもさあ、どんなに低い山でも、初心者向けの山でも、事故が起こるときは起こるし、遭難するときはするんだよ。怖いくらいあっさりね」
「さり気なく恐ろしいことを言いますね。これから登ろうっていうのに」
「だから、ちゃんと君の分も安全祈願しておいたよ」

口の端に妙に意味深な笑みを浮かべて、穂高は被っていた帽子の位置を直し、顎紐を締める。岳も鞄《かばん》から借り物の帽子を取り出して、被った。ほのかに草木の香りがした。

その〈あっさり〉とやらが万が一にも来ませんように。今更遅いかもしれないが、岳は胸の内でこっそり祈った。

この人と遭難なんて――一緒に死ぬのも救助されるのも嫌だ。

境内を通り抜け、民家の建ち並ぶ山道を進むと灰色の小さな鳥居が見えてきた。どうやらここから登山道に入るらしい。

草木が生い茂る細い道を、他の登山客の背中を追いかける形で進む。数十メートルで鬱蒼《うっそう》とした山道に入った。頭上を木々が覆い、足下では金色の粉が飛び散ったように木漏れ日が躍っている。

初心者向けの山と言っても、登山道がアスファルトで綺麗に整備されているわけではなかった。昔ながらの石と土の階段を、笹《ささ》に腕をくすぐられながら上った。

穂高がべらべらと話しかけてくるのかと思ったが、意外と静かに岳を先導する形で歩いていく。それはそれで、初登山の反応を背中越しに窺《うかが》われているみたいだった。

微《かす》かに息が上がってきた。というより、体温が上がった。序盤からなかなかの急坂が続いていたから、喉を通り抜ける息が徐々に太くなる。

高校のクライミング部を引退したのは昨年の九月。半年以上、激しい運動はしてこなかった。体型は変わっていないはずなのに、意外と筋力や体力は衰えているみたいだ。

「ジョギングとかと一緒で、体が慣れてない最初の十分、十五分はちょっとしんどいんだよ」

振り返らず、歩みも止めず、穂高が言う。息が上がっているのを見透かされ、「そうですか」と短く返した。

「もうちょっとしたら楽になってペースが摑めるよ」

彼の言う通りだった。十分ほど歩くと、何故か視界が開けた。ずっと見えていたはずの背の高い木々の輪郭が妙にはっきりして、色が濃くなって、遠くまで見渡せる。何という名前の鳥だろうか、野鳥の鳴き声まで鮮明に聞こえた。

「杉の木、あれがモミの木、あっちは多分、アカガシ」

前を歩く穂高が振り返り、踊るような足取りで周囲の木々を指さす。ゆっくり説明してくれたのに、目で追いきれない。それほど視界の中の情報量が多い。

しばらく歩くと、登山道が分岐していた。「白雲橋コース」と書かれた看板に沿って、木の根と石が折り重なった急勾配を上って行く。

「なんか見えた」

穂高が前方を指さす。大量の石がうずたかく積まれた東屋《あずまや》が開けた場所に建っていた。少し前を歩いている登山客のグループが写真を撮っている。「白蛇弁天《しろへびべんてん》」と看板があった。山になった石の上には小さな祠《ほこら》が二つ築かれている。

「ここで白蛇を見ると金運が上がるんだってさ」

穂高が由緒書きの説明を読み上げてくれた。前にいた登山客は面白半分に白蛇の姿を探していたが、後ろから別のグループが登ってきたので、岳達は先へ進むことにした。

再び森の中に入るが、白蛇弁天を境に明らかに道が険しくなった。歩きやすかった階段は、ごろごろとした岩が転がる道に姿を変えた。足を取られまいと視線が下に集中し、息が苦しくなる。

これでは余計に疲れてしまう気がした。意識して顔を上げると、苔生《こけむ》した巨木の幹に沿って、狐色のキノコが点々と顔を出していた。その下に、まるで地中から火が噴き出したみたいな真っ赤なキノコも生えている。

息を合わせたように同じタイミングで、そのキノコを穂高も見ていた。

「これの名前はわかんないや」

ははっと笑って、再び歩き出す。えらく楽しそうだ。普段、一人で登山するときもこうなのだろうか。もしくは、半ば無理矢理連れてきた後輩が一緒にいることが、そんなに愉快なのか。

不可解だった。たまたま飛んできた帽子を拾っただけの新入生を、この人はどうしてこんなにも登山仲間にしたいのだろう。新入生なんてたくさんいて、その中には岳よりずっと登山に興味を持つ学生がいるはずなのに。

なんで俺を登山部に誘うんですか。深い呼吸の合間に問いかけそうになる。聞いたら最後もう逃げられない気がして、慌てて飲み込んだ。

「君はさ、どうしてスポーツクライミングをやってたの」

またもこちらの心を覗《のぞ》き見たみたいに、穂高が聞いてくる。あまりに唐突で、角張った岩に置いた右足のバランスを崩しそうになる。咄嗟に近くにあった巨石に手をかけた。

爪先で岩の角を摑むように踏ん張り、体を前へ前へ進める。その感覚がスポーツクライミングに似ていて、思いがけず質問に答えてしまう。

「中学まではバスケをやってたんです。高校入って、物珍しくて始めました」

「俺、あんまりスポーツに詳しくないんだけど、スポーツクライミングって、登るスピードを競うものなの？」

「ウォールっていう人工の壁を、ホールドを手がかりに登るのがスポーツクライミングですけど、実はその中でも種目が三つに分かれてるんですよ。タイムを競うスピード。課題をいくつクリアできたかを競うボルダリング。どれだけ高く登れたかを競うリード。俺はリードが得意でしたね」

　話しながら岩の道を登ったせいか、どんどん息が上がってきた。胸の奥が、針で刺されたみたいに痛んでくる。

　だが、不思議と息苦しくはない。森の中だからだろうか。気温もバスを降りたときよりずっと涼しく、一度に体内に取り込める空気の量が多い気がした。

「でもさ、登った高さを競うってことは、リードが三種目の中で一番危険なんじゃないの？」

「ちゃんと命綱をつけますよ。ウォールにはホールドと一緒に命綱を引っかけるポイントがついてて、登ってはロープを引っかけ、登っては引っかけを繰り返すんです」

　十メートル以上登って落ちても、ロープがきちんと確保支点と呼ばれるポイントに引っかかっているから、下まで真っ逆さまということはない。

「じゃあ、手を滑らせて落ちたら、ロープ一本で宙づり？　なかなかスリリングなスポーツだね」

穂高が一際大きな岩を慎重に跨ぐ。体が上下するのに合わせて、彼の声が上擦《うわず》る。

「日常生活では絶対に生身で登ることがない高さを這《は》い上がる種目がリードです。筋力や柔軟性や持久力はもちろん大事ですけど、ホールドが作り出すルートは一種類じゃないんで、最短ルートや難易度の低いルートを選ぶ嗅覚とか視野の広さとか戦略とか、できるだけ少ないパワーで自分の体重を移動させたり持ち上げたりするテクニックとか、いろんなものが勝敗を分けるんです」

ただ闇雲に上を目指して登るのではない。どのホールドをどちらの手で掴むか。どのホールドに足をかけるか。そこからどのホールドに手を伸ばすか。一瞬の判断が勝負を決める。

気持ちがはやってとてつもなく難易度の高いルートに入り込んでしまい、体力を消費した挙げ句に手を滑らせて落下――なんて負け方を何度もしてきた。そのたび、クライミング部のコーチに「焦っちゃったな」と肩を叩かれた。

「楽しそうに話すんだね」

やっと岩場を抜けただろうかというところで、穂高が再び振り返った。にやりと、岳を煽るように微笑む。

正直、面食らった。

「気づいてなかったの？」

「……そんなつもりはないんですけど」

「そう？　国方の勧誘を頑《かたく》なに断ってるのが嘘《うそ》みたいに饒舌《じょうぜつ》に話すなあ、って思いながら聞いてたんだけど」

「穂高先輩がいろいろ聞いてくるからでしょう」

「穂高先輩じゃなくて穂高さんでいいのに」

「穂高先輩がいろいろ聞いてくるからです」

　ムキになっているのが自分でもわかる。「そうかなあ」と笑いながら首を傾げる穂高に、違うとたたみ掛けたくなる。

けれど、言葉を重ねれば重ねるほど、きっと穂高の指摘を肯定してしまうことになるのだ。うるさい、もう辞めたんだからいいだろ。胸の奥で勝手に過去を懐かしんでしまう自分を非難しながら、岳は両足を動かした。

　山の中は静かだ。前後を歩く登山客の話し声や足音、衣擦れの音、木々の枝葉が風に蠢《うごめ》く音や野鳥の声はもちろんするが、すべてが自分から少し離れたところにあって、岳の思考や感情を侵食してこない。穂高が話しかけてこない限り、岳は独りになれた。心地のいい、とても透明感のある孤独だった。

　岩肌を足先で踏みしめ、急坂を登る。足の動きに合わせて岳の頭や胸の中が掻き回される。

記憶や自問自答の渦で最初こそ混沌としているのに、いつの間にか整理され、淀《よど》みが取れ、澄んでいく。

それは、腹の底から湧き水のように勝手に流れ出る筑波岳の心根と、対峙《たいじ》するということでもあった。


白蛇弁天から一時間近く歩いただろうか。笹の葉に頬を掠められながら細い坂道を抜けた先で、突然視界が開けた。

ここが別の登山ルートとの合流地点なのだろう。山肌の平らな一角に木製ベンチがいくつか置かれ、数人の登山客が座って休憩している。

空いていたベンチに穂高と並んで腰掛けて初めて、景色をまじまじと眺められた。木々の合間に青く霞《かす》む山や、わずかに見える田園の様子に、高いところまで登ってきたことを実感する。

「……結構、登ってきましたね」

どんよりと重い足を投げ出して、大きく息を吸った。ザックからペットボトルの水を取り出して呷《あお》る。全身にじんわりと汗を掻いていた。温《ぬる》い水が体に染み込んでいくのがわかる。

「まだまだ、楽しいのはここからだよ」

ルートの先を見やった穂高は、期待に満ちあふれた顔をしていた。

「ここからって、穂高先輩も初めて登ってるんですよね？」

「山頂までのルートも、途中に何があって何が見られるかも、ぜーんぶ頭に入れてきたから」

「遠足に行く小学生ですか」

「似たようなもんだよ」

歌でも歌うみたいに笑って、穂高はゆっくり立ち上がった。休憩は終わりということらしい。歩き出した彼の後ろに続き、岳は再び山道に分け入った。

道はさらに険しくなった。巨大な岩と切り株を避けて進むと、前方に古びた注連縄《しめなわ》が見える。岩肌を縫うように進む細い道の上で、緑色の苔を帯びた細い縄が揺れている。

その先を見つめて、岳は息を飲んだ。左右にそびえる岩壁を跨ぐが如く、巨大な岩が鎮座していた。大声を出したら、そのまま落下してくるのではないか。そんな岩の下を、「すごい、すごい」と言い合ったり写真を撮ったりしながら、登山客が通過していく。

「これが〈弁慶七戻り〉かあ。確かに、これはおっかない」

ちっとも怖くない、むしろ愉快そうな声色で、穂高が前の登山客に続く。巨石を見上げたまま、岳もその下を潜った。無意識に息を止めた。穂高が「弁慶ですら七度後退りしたらしい」と名前の由来を説明しているが、頭に入ってこない。岩の陰に入った途端、周囲の温度がいくらか下がった。

「聖域と俗世を分ける門だとも言われてるらしいよ」

弁慶七戻りを通過してもしばらく無言でいた岳に、穂高が再び話しかけてくる。岩が歪に積み上がった道を、両手を使って這って登った。

「ここからは、山の神様がいる神聖な領域ってわけだ」

人が足を踏み入れるのを拒むような険しい道が続いた。インターハイ出場選手だった岳ですら、息が上がるきつい傾斜の岩場が続く。ずっと前を歩いていた登山客が足を滑らせて転び、岳と穂高で助け起こした。

どうやら筑波山は、弁慶七戻りを通過すると巨石や怪石を拝めるスポットが点在しているらしい。まるで、神様が暇つぶしに石を積んで遊んだみたいに、奇岩が次々と姿を現す。

「ここを潜った人間は、生まれたままの姿に立ち返るんだよ」

穂高がそう呟いたのは、〈母の胎内くぐり〉と呼ばれる岩のトンネルを潜り抜けたときだった。

「余計なものがそげ落ちた感じ、する？」

意味深に聞いてきたくせに、穂高の目は答えなんて求めていないという色をしていた。岳も、無理に答えを捻《ひね》り出すつもりはなかった。だんだんと、この男への接し方がわかってきた。

天に向かって刃のごとくそびえる巨石や、大きな屏風《びょうぶ》や大仏に見える岩は壮観だった。神話を描いた絵巻物の中にでも入り込んだ気分だ。見上げるたび、神の領域という穂高の言葉を実感した。

「もうすぐ」

穂高の声と同時に、山頂が近いのが肌でわかった。熱さを感じたわけでも、冷たさを感じたわけでもない。でも、肌に触れる空気が違う。圧倒的に違う。

女体山へ続く最後の急坂も岩場だった。摑みやすい岩に手を伸ばし、踏ん張りが利きそうな岩に足をかける。手足で登るのではなく、全身で登る。肩、胸、腹筋、股関節、太腿《ふともも》で登る。疲労が蓄積した体は重たいはずなのに、すいすい動く。

止まるな、リズムよく登れ。

そんな声が聞こえた。摑んだ岩の先が、鮮やかな色のホールドに感じられた。天然の岩のざらついた感触は、スポーツクライミングとは圧倒的に違うのに。肩と腰に感じるザックのストラップの熱い食い込みは、リード競技のときに命綱と共につけるハーネスそのものだった。

呼吸に合わせて、手を伸ばした。気がついたら前にいた穂高に並び、いち、にー、さん……

と三拍の間に追い越す。疲労を確かに感じるのに、体はバネにでもなったみたいに軽い。鎖を摑んで岩の階段を上りきった瞬間、頬に風が当たった。

「着いた」

女体山の山頂には神社があった。小さな境内を抜けると、柵も手すりもない岩場が広がっていた。

その先には、何もない。

岩場に立つ。鮮やかな緑色の田園と野山が岳の眼下に広がった。遮るものが何もない山頂は風が強く、空と雲が近く、日常からは遠かった。足下で岳の知らない植物が強風に揺れていた。

高いところは苦手ではないはずなのに、膝の裏が二度痙攣《けいれん》した。

「関東平野の大パノラマだな」

穂高がゆっくりとした足取りで追いついてきた。岳の隣に立って遠くを指さし、「富士山」と微笑む。淡い雲のベールに包まれてしまっているが、確かに富士山が見えた。

「たいした高さじゃないはずですが、それでもいい眺めですね」

素直に感想を述べただけなのに、穂高は妙に嬉《うれ》しそうに「だろう？」と肩を揺らした。彼の帽子のツバが上下に揺れるのを見て、自分の帽子を脱いだ。汗ばんだ頭皮に風が染みた。

「このくらいの高さの山から見る景色にも醍醐《だいご》味《み》があってさ。家とか田圃《たんぼ》とか畑とか道路とか、街並みがよく見える感じがいいんだよね。自分が生きてる下界を少し高いところから見下ろしてる感じ」

彼の言う通り、田園の合間を、豆粒くらいの大きさの自動車がゆっくり進んで行くのが見えた。人の営みをこんなに遠くから眺めるのは初めてかもしれない。遠くて小さいのに、何故か手を伸ばせば届く気がしてしまう。

「岩場を登るの、スポーツクライミングの感覚にちょっと似てました」

「ひょいひょい登っていったもんなあ、後ろで流石だなって思ってたよ」

「山に登ってみてわかったんですけど、俺、まだスポーツクライミングが好きですね」

国方に強引に誘われて無理矢理ウォールを登ったとして、果たしてこんな風に思えただろうか。意外と、近いようで遠い登山だったからよかったのかもしれない。

「なんで辞めたの？」

道中でのやり取りの続きを、彼は始めるつもりのようだ。

「ああー……別に、怪我をしたとか経済的な事情で辞めるしかなかったとか、競技がトラウマになる事件があったとか、そういう格好いい辞め方じゃないですよ」

「格好いい過去を聞きたいんじゃなくて、君のことが知りたいんだよ」

横目で窺った穂高は、真正面から吹く風を全身で受け止めるように目を閉じていた。山頂の風は余計なものが混ざっていないというか、とても純度の高いものに感じられた。

「続けたところで、日本一になれるとかプロになれるとかオリンピックに出られるとか……要するにアスリートとして生きていける人間じゃないなって、気づいたんですよ」

「でも、そうじゃなくたってアマチュアとして競技を続ける人は大勢いるだろ？」

その通りだ。自分はアスリートとして生きる人間ではないけれど……と言いながらスポーツクライミングを続ける選手の方がずっと多い。自分も、そうなる道はもちろんあった。

「部活の指導に来てくれるコーチがいたんですよ」

三十歳の元クライミング選手だった。オリンピックの代表候補にもなった人だったが、二十五歳のときに大きな怪我をして現役を引退した。その後、仕事をしながら、母校である花見川総合高校クライミング部でコーチをしていた。

「俺、そのコーチに誘われて、クライミング部に入ったんです。中学卒業したばっかりのガキにはその人が格好よく見えましたけど、三年の間に徐々にわかってきちゃうんですよ」

「なにが？」

首を傾げた穂高に、少しだけ迷ってから、言葉を紡いだ。

「オリンピックの代表候補にまでなった選手でも、引退してからのセカンドキャリアが上手くいってないんだなって」

引退後に働きながら母校で後輩を指導する。聞こえはいいが、本職の実体は非正規雇用だったと聞いた。会社に問題があったのか、その人本人の問題だったのかはわからない。だが、彼の実情を知るにつれ、その背後に冷ややかな現実が透けて見えてしまった。

「だから、辞め時って大事だなって思ったんです。続けても大成しないなって気づいたら、潔く身を引くべきだって」

スポーツクライミングは高校で辞める。岳がそれを部の指導陣に伝えたとき、真っ先に窘《なだ》めてきたのも、そのコーチだった。

嫌な記憶を思い出してしまって、無意識に右手で左腕をぎゅっと握り締めていた。掌が熱かった。熱の正体は罪悪感に違いなかった。

「若者らしくないとか、もっと希望を持てとかポジティブに考えろとか言われそうで……だからあんまり人に言いたくなかったんですよ」

その程度のことで辞めてしまうなんてもったいない。この男もそんな風に言うだろうか。

穂高は表情を変えなかった。むしろ、満足そうに「そっかあ」なんてしみじみと頷いてくる。反発されるのも嫌だが、理解されるのも腹立たしい。そんな面倒な羞恥心が襲ってくる。

「別に、穂高先輩に話したかったんじゃなくて、登ってるうちにいろいろ考えちゃって、吐き出したい気分なだけですから」

「いいじゃない。山って、山登りってそういうものだよ」

こちらがどれだけ棘《とげ》を投げつけても気にしない。躱《かわ》しもしない。刺さった棘を「あれ、何か刺さってる？」と指さして笑われる。梓川穂高は、そういう男だった。

「言っただろ？　登山は順位やタイムを競うものじゃないって。険しい道を何時間もかけて登って、日常から離れることで自分にこびりついてる余計なものを引き剝《は》がしていくのが登山なんだと俺は思う。まあ、下山するときに引き剝がした余計なものを全部拾い集めて帰ることになるんだけどね」

そうやってまた日常に帰って行くんだよ。穂高の目がそんな風に続けたように岳には見えた。

「ちょっとはすっきりしたんじゃないの？」

「そう見えますか」

「だって、ここは君の名前の山じゃないか」

ほら、と穂高が眼下に広がる田園に両手を広げる。まるで目の前の景色をすべて岳に差し出すみたいに、誇らしげな顔をしていた。

「……穂高先輩は、こうなると思って筑波山を選んだんですか」

どうしてこの人は俺を登山部に、今日の山登りに誘ったのだろう。ずっと抱いていた疑念は、山頂までの八八七ｍを登る中で一つの確信に繋《つな》がっていた。

「まさかですけど、国方先輩に頼まれて、俺にスポーツクライミングをまたやらせようとした、とか」

帽子を穂高に届けろと言ったのは国方だ。しつこく勧誘しても岳がなびかないから、いっそ穂高という完全な部外者を使って、遠回りしてでも岳をクライミング部に引き入れようとしたのではないか。

今日の登山ルートも、道中で穂高がクライミングの話題を振ってきたのも、何もかもそのために思えてならない。

「じゃあ、君が持ってるその帽子も、俺がわざと飛ばしたと思ってる？」

岳が手にした帽子を指さし、穂高が首を傾げる。あの日空を舞ったモスグリーンの帽子を汗ばんだ掌で握り締め、しばし考えた。

まさか、と思うのに、ふふっと笑いが込み上げてきてしまう。

「貴方のことなので、有り得そうですね」

「随分と俺を買い被ってるみたいだなあ」

肩を揺らして笑った彼は、「違うよ」と首を横に振る。

「君が俺の帽子を拾ったのは、本当に偶然。君をこの筑波山に誘ったのも、純粋な俺の興味と好奇心と、たまには登山仲間がほしいなっていう気まぐれ。ただ、国方が君を俺のところへ寄こした後に、『筑波岳をクライミング部に勧誘したいから手伝ってくれ』って頼んできたのは、本当」

「穂高先輩が登山道具を俺のロッカーに届けてくれたとき、どうして俺の学籍番号を知ってるんだろうと疑問に思ったんです」

「当然、国方が教えてくれたんだよ」

そうだ、国方は岳の時間割も、学食でよく注文するメニューも、ロッカーの場所も、把握しているんだった。

どうりで、あの日以来、彼が姿を現さなくなったわけだ。

「それで、さっきわざとらしくクライミングの話を俺に振ったんですか？」

「多少は国方のために動いてやろうかと思いもしたけど、それ以上に、俺が君に興味が湧いちゃったからだよ」

いたずらっぽく笑った穂高に何か言ってやろうと思ったのに、彼はすぐに緩んだ表情を引っ込めてしまう。感情の読み取れない凪《な》いだ瞳で、岳のことを見つめた。

「来ないかと思った」

「今日、ですか？」

俺が？　と自分の顔を指さす。穂高はゆっくり頷いた。

「正確には、来るか来ないか、五分五分だなと思ってた。君が今日来てくれたから、誰かと山に登るのもいいもんだなと思った。だから、国方には悪いけど、君を横取りしちゃおうかなと目論んでいる」

話しながら、不敵な笑みと表現するのがぴったりな顔を彼はした。たった数日前のことだが、国方を躱して彼のもとに行ったのは、果たして正しい選択だったのだろうか。そんな疑念が降ってくる。もしかして、より質《たち》の悪い人に捕まってしまったのではなかろうか。

「どうする？　スポーツクライミングが好きだって再確認できたことだし、クライミング部に入る？　それとも、また俺とどこか違う山に登る？」

「どうして俺が、数日前に会ったばかりの穂高先輩を選ぶと思うんですか？」

「君が選ぶとしたら、俺じゃなくて山だよ」

自信たっぷりな口振りに、何も言い返せなくなる。

「さっきここから景色を眺めてる君を見て、脈ありだなと思ったけど」

国方のいるクライミング部と、穂高のいる登山部。目の前にぼんやりと浮かんだ二つの選択肢に、岳は肩を竦《すく》めた。

「一つ、聞いていいですか。今日、俺が来なかったらどうするつもりだったんですか」

「そりゃあ、一人で登るに決まってるじゃん。ちょっと寂しいけど」

大きく伸びをした穂高は、近くに見える男体山の頂上を指さし「さあ、次はあっちだ」と踵《きびす》を返した。

「答えは下山してから聞くよ」

離れていく背中と、山頂からの景色。首を左右に動かして、交互に何度も見た。清流のような風が、耳の奥で低い音を立てる。唸り声みたいな音だった。

この音はどちらだろう。危険を知らせるものなのか、岳の背中を押すものなのか。瞬《まばた》きを三度して、岳は穂高の後に続いた。

クライミングの試合では、実際にウォールを登り始めると事前の計画通りにはなかなか進まないものだ。登りながらルートを再構築し、一つ一つの動きをパズルを完成させるように組み立てる。自分で自分の進む道を作る。

自分が強いクライマーだとか、アスリートとして未来があるかどうかなんて関係なく、それはなかなか楽しいものだった。

今、まさに自分はそのただ中にいるのかもしれない。筑波山という、岳と同じ名前を持つ山の、山頂で。

「男体山に登る前に飯でも食いませんか、俺、腹減りました」

——穂高さん。

大きく息を吸い、喉を開いて、穂高にそう投げかけた。

神社に向かって岩場を下ろうとしていた穂高の足が止まる。「穂高さん」という呼びかけが、彼の体に染み込んでいくのがわかる。ゆっくりこちらを振り返った彼は、岳が初めて見る表情をしていた。

森の中で人間と鉢合わせた牡鹿《おじか》のような目で、「筑波？」と岳とこの山の名前を呼んだ。

「勝ち負けがない世界も、いいかなと思って」

何より、先ほど山頂に立ったときの気分をまた味わえるのなら、岳の予想以上に色鮮やかで、気持ちがいい大学生活を送れる予感がした。

この人がどうしてここまで岳にこだわったのかは、結局よくわからないままだけれど。それも、そのうち話してくれるのだろうか。

「俺のことは、筑波でも岳でもどっちでもいいですよ」

そう言って穂高を追い越し、女体山を下った。背後で穂高が戸惑っているのが伝わってきた。しばらくしてから「ねえ、岳」と遠慮がちに名前を呼ぶ。我慢できずに声を上げて笑ってしまった。

女体山と男体山の間にある御《み》幸ヶ《ゆきが》原《はら》の食堂でうどんを食べて、男体山に登った。標高はほとんど変わらないのに、やはりいい眺めだった。

ケーブルカーで山を下り、麓《ふもと》の宿で温泉に入った。登りでそぎ落とした日常を、苦い思い出を、一つ一つ拾い集めるような下山だった。

けれど、険しい山道を登りながら岳が対峙した、霧がかかったもやもやとした思いは、筋肉痛と疲労回復に効くという湯に浸かっても戻ってくることはなかった。

「乗鞍岳《のりくらだけ》、立山《たてやま》、八ヶ《やつが》岳《だけ》、いろいろ登るぞぉ。木曽《きそ》駒ヶ《こまが》岳《だけ》〜宝剣岳《ほうけんだけ》〜檜尾岳《ひのきおだけ》〜東川岳《ひがしかわだけ》〜空木《うつぎ》岳《だけ》って中央アルプスを縦走するのもいつかやってみたいし、まずは都内最高峰の雲取山《くもとりやま》を目指してみるか」

穂高はずっとご機嫌だった。頭に手拭いをのせて湯船につかると、鼻歌を歌うように岳の知らない山の名前を次々出しては、楽しそうに登山計画を立てた。

彼の背中と脇腹、肩口に大きな火傷痕があるのには気づいていたが、あえて何も聞かなかった。赤黒い皮膚の存在など忘れさせてしまうくらい、何事もない様子で彼は山の話を続けていたから。

何より、下界に下りたらだんだん彼の相手をするのが億劫《おっくう》になってきて、岳は湯船の縁に頭を預けて寝た。

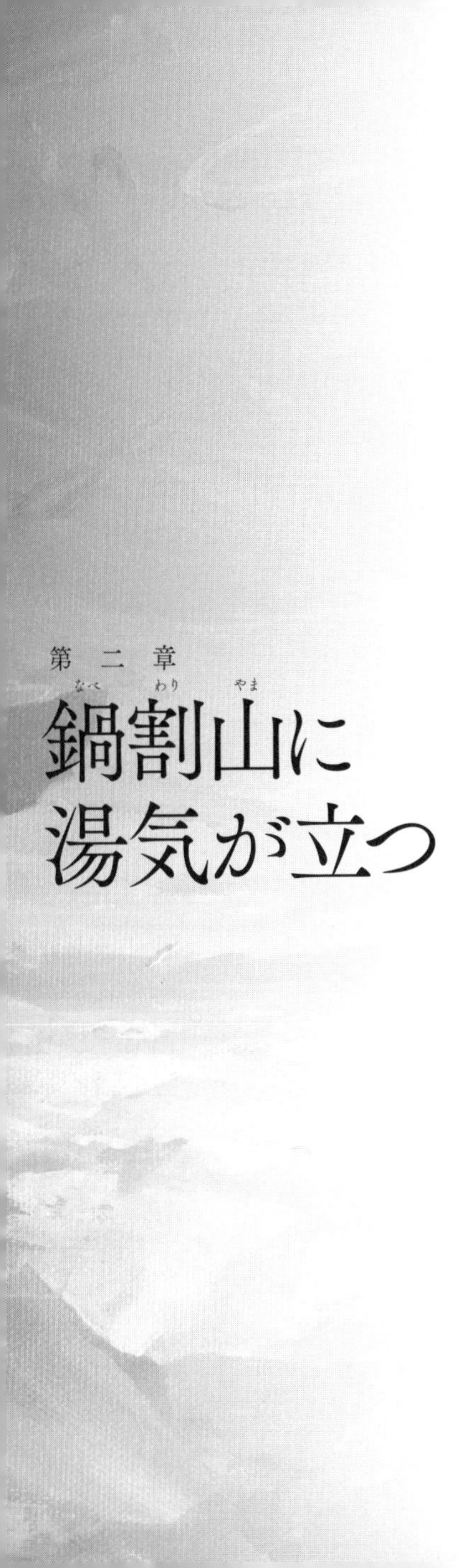

第二章

鍋《なべ》割《わり》山《やま》に湯気が立つ

「穂高《ほだか》さん、雨止まないですよ」

むしろ、数分前より強くなった気がする。頭上に張られたツェルト――小型軽量テントに落ちる雨粒の気配が、明らかに重く低くなった。

がさりと、背後で寝返りを打つ音がする。振り返ると、梓川《あずさがわ》穂高はツェルトの中で寝息を立てていた。さっきまで「鍋割山の山頂で食べる鍋焼きうどんが美味い」とか「出汁の染みた油揚げが特に美味しい」なんて話をしていたのに。

小さく窮屈なツェルトの中で体育座りをしたまま、岳《がく》はせせこましく伸びをした。

じっとしていると、早朝五時起きのツケがどよんとした眠気として襲ってくる。ツェルトはあくまで簡易的なテントだからどうにも心許なく、穂高のように横になって眠ろうという気にはならない。

今日は早朝の新宿《しんじゅく》駅に集合し、小田急《おだきゅう》線で神奈川県足柄上《あしがらかみ》郡にある新松田《しんまつだ》駅へ。そこからバスに乗り、登山道に向かった。スタートから櫟山《くぬぎやま》、栗ノ木洞《くりのきどう》、後沢乗越《うしろさわのっこし》と、山の峰から峰へ稜線《りょうせん》を伝って登り、目指すのは標高一二七三mの鍋割山だ。筑波《つくば》山《さん》を入れると、岳にとってはこれが四度目の山登りになる。

登山部に入部して、一ヶ月がたとうとしている。筑波山登山のあと、早速神保町《じんぼうちょう》のアウトドアショップで登山靴、ザック、ウェアを揃《そろ》えた。岳が拾って届けたモスグリーンの帽子だけは、何故か「記念にあげる」と言われてそのままもらい受けた。

まずは高尾《たかお》山《さん》、川乗山《かわのりやま》と、都内の山を連れ回された。高尾山こそ岳だって知っていたが、標高四七二mとはいえ、登ってみると眺めがよかったし、川乗山の滝は見事だった。東京にもこんな場所があるのだと、滝を見上げて「へえ」と声を上げてしまったくらいだ。

そろそろ岳にも稜線を歩く楽しさを知ってほしい。穂高がそんなことを言って鍋割山登山を計画したのは、先週末の昼休みだった。

クラブハウス棟の屋根の上で、深鍋タイプのクッカーでインスタント麺を作りながら突然、「稜線歩きしたくない?」と聞かれたのだ。

ただの袋麺なのに、何故かステンレスのシェラカップによそって食べるラーメンは不思議な美味さがあって、とりあえず「いいっすね」と答えた。

登山部に正式に入部してから、部員として自分でも登山計画をしっかり頭に入れて登山に臨むことにした。稜線伝いに複数の山の頂上を目指すのはこれまでに比べるとハードな行程だったが、地図を見るだけでも登り応えがありそうだった。

ところが、最初の櫟山の山頂で雨がぱらつき始めた。レインウエアを着て栗ノ木洞まで来たがいよいよ雨が本降りになり、登山道脇の開けた場所で、立木にロープを結んでツェルトを張った。かれこれ三十分近く、雨音を聞きながら天気が回復するのを待っている。

「穂高さん、日帰りなのによくツェルトなんて持ってきてましたよね」

寝ているとわかっているが、やることがないからとりあえず話しかけてみる。ところが、寝ているものだと思った穂高が、「そりゃあね」とおもむろに体を起こした。

「……起きてたんですか」

「日帰りとはいえ、山は何があるかわからないからね。とりあえずツェルトがあれば天気が悪くなっても雨風しのげるし、運悪く遭難してビバークなんてこともあるかもしれないし」

「勘弁してくださいよ」

下山不能になって緊急野宿《ビバーク》だなんて、本当にごめんだ。

「でも、まさかってことが本当に起こるのが登山だから。無謀な登山計画は立てず、天候不良や体調不良に襲われたり、道中で怪我をしたりしたら無理をしない。常に有事に備えて緊急の下山ルートを考えておくの」

「たいていの遭難は登山計画を立てたときから始まってる、でしたっけ？」

「そうそう。自分の力量に合わない登山は遭難のもとなんだよ」

まだ四度目の登山だというのに、この話を聞くのは何度目だろう。

穂高が隣でザックから取り出したおにぎりを食べ始めたから、岳も行動食用に新松田駅のコンビニで買った菓子パンを囓《かじ》った。餡子《あんこ》とホイップクリームが挟まったコッペパンはちょっと甘すぎた。

「穂高さん、遭難したことあるんですか？」

家で握ってきたと思われる大きめのおにぎりを頬張る穂高の横顔に、問いかける。岳の言葉尻にわざと被さるように、ツェルトの端からボトボトと雨水が落ちた。

まさか、本当にそうだと思ったわけではない。冗談のつもりだった。

なのに、穂高は冷えた白米を咀嚼《そしゃく》するばかりですぐに答えなかった。「あれは遭難にカウントされるのか？」とでも言いたげな様子で首まで傾《かし》げる。

湿った海苔が巻かれたおにぎりの具が梅干しとわかった頃、彼は短く「ないよ」と呟《つぶや》いた。

「遭難しないように気をつけてるからね」

「……本当ですかぁ？」

「大丈夫。岳のことは部長として絶対遭難させないから」

登山部はずっと貴方一人だったんだから、そりゃああんたは部長でしょうよ——とは言わないでおく。

パンの端を口に詰め込んでペットボトルの水を呷《あお》ると、隣で穂高が「あっ」と声を上げた。

「雨が弱まった」

確かに、ツェルトに打ちつける雨音が、少しだけ軽やかになっていた。穂高が外へ顔を出す。木々の合間に見える空を見上げた彼は、「明るくなってきた」と嬉《うれ》しそうに笑った。

それから十分ほどで、本当に雨は止んだ。ツェルトを片付けて栗ノ木洞を出発すると、ぬかるんだ登山道にわずかに木漏れ日が差し始めた。

道の両脇は急勾配になっていて、転落防止のフェンスやロープが設置されている。山の背骨に沿うように、尾根を歩いている。

木々の枝葉から雫《しずく》が垂れて、岳の頬や鼻先を濡《ぬ》らした。湿度は高いのだろうが、山の空気は澄んでいて不快ではない。

雨上がりで足場が悪く、おまけに新緑に囲まれて遠くの景色が見えない。森林浴と思えば気持ちがいいが、何十分も歩いていると単調な風景に疲労感が増してくる。

「水、二リットルも持ってきたの、後悔してるんじゃないの？」

まるで岳の胸の内を読んだみたいに、前を行く穂高が聞いてくる。山の麓《ふもと》には水が入ったペットボトルが大量に積んであり、体力に自信のある登山客がこれを山頂まで運ぶのだという。鍋割山の頂上にある山荘で使う水を、ボランティアが荷揚げしているのだ。

力試しにどう？　と穂高に促され（今思えば、挑発されていたのかもしれない）、岳は二リットルのペットボトルを一本ザックに押し込んだ。その重みが、今になって全身にのしかかってくる。

「後沢乗越まで頑張れ」

自分だって二リットルの水を背負っているくせに、妙に余裕な顔で穂高が振り返る。

直後、登り坂の斜度がきつくなった。「うっ」と声が漏れてしまった。雨に溶けた泥を足の裏全体で摑《つか》み、力を込めて登る。壁のような勾配に息が上がってくる。

「後沢乗越まで頑張れ」の意味は、着いてみてよくわかった。森を抜け、視界が広くなり、尾根の両側が開けた。

五月にしては冷たい風の吹き抜ける尾根は細く瘦せていて、無意識に膨《ふく》ら脛《はぎ》のあたりが緊張する。綱渡りでもしている気分になる。

だが、高いところまで来たという実感が達成感に変わり、息切れを起こした胸の痛みを忘れてしまう。雨に打たれ、急勾配を一歩一歩登ってきたのが、積み上がってこんな高さにまでなったのだと思うと、猛烈に、気持ちがいい。

もし足を滑らせたら……下手したら何十メートルも下まで滑落するかもしれない。怪我をするかもしれない。最悪、死ぬかもしれない。危機感は確かにあるのに、薄皮を一枚挟んだところで高揚感が脈打っている。

「どう？」

「景色が変わっていい気分転換になりますね」

なんて、別に何とも思っていないと装ってしまった。それすら穂高はわかってしまうのだろうか。「そうだね」と妙に嬉しそうな返事が飛んできた。

「こういうのを、〈馬の背〉っていうんだよ。尾根の両側が崖になってて、馬の背中みたいに細く痩せてるから」

天空に渡された細い一本板の上を進んで行く気分だ。悠々と気持ちよさそうに歩いていく穂高に釣られて、岳は周囲を見渡した。

木々の鮮やかな緑色の向こうに、明るくなった空と山が見える。雨上がりの山々は、徐々にその姿が鮮明に色濃くなっていく。

尾根とは不思議な場所だ。幾人もの登山客が何百年も時間を掛けて通ったからこうして登山道となっているのだろうが、山が人間に対し唯一門戸を開いてくれたかのような、不思議な神々《こうごう》しさがある。山に導かれて足を進めている気分になってくる。

「晴れてたら富士山が見えるんだけどな」

穂高が視線をやった方向に、富士山があるのだろうか。分厚い雲に遮られ、富士山らしきシルエットすら見えなかった。

「富士山なら、今月だけでもう二回見ましたよ」

高尾山と御《み》岳山《たけさん》。どちらに登った日も快晴で、富士山がよく見えた。こう何度も見ていると、そのうちありがたみもなくなってしまいそうだ。

「鍋割山から見る富士山はいいんだよ、富士山が凄《すご》く綺《き》麗《れい》に見えるから。頂上に着くまでには、もうちょっと雲が晴れるといいんだけど」

馬の背が忘れさせてくれた二リットルの水の重さは、再び登りがきつくなったところでドスンと襲いかかってきた。でも、何故か口元は緩んでしまう。木道を踏みしめる足の裏に、心地のいい乾いた音が響く。

一ヶ月前、筑波山に登ったときと同じ感覚だった。苦しいはずなのに、体が苦痛を感じていない。疲労や痛みを勝手に快楽に変換して、前へ前へと歩を進めて行く。

穂高に「もうすぐ頂上だ」と言われなくても、登山道の終わりが岳にも見えた。急な階段の先に、雲間から作りもののように青い空が覗《のぞ》く。ここが山頂だと、視界に映る草木や岩が囁《ささや》いてくる。

「着いた……!」

山荘の屋根が見えた瞬間、思わず声に出していた。

鍋割山の頂上は広場になっていて、山荘の電気を賄《まかな》うためなのか、ソーラーパネルがいくつも設置されていた。発電機の立てるゴリゴリという音が、静かな山頂に響いている。

振り返ると、風が前髪を持ち上げた。遮るものがない山頂に吹く風は、普段頬に感じる風よりずっと幼く、混じりけがない。

山頂を示す杭《くい》の前で記念撮影をして、ふと上を見たら雲がいつもより近く感じた。杭には標高一二七三ｍとある。今更ながら、自分が今まで登った山で、鍋割山が一番高いのだ。しみじみとした気分になって、再び空を見上げた。穂高が「鍋焼きうどん食おう」と手招きした。

山荘には登山客の列ができていた。鍋割山に登ったら、考えることはみんな同じらしい。運んできた水のペットボトルを引き渡し、二人揃ってできたての鍋焼きうどんを抱えて広場のベンチに移動した。

「ここから下るのかあ……しんど」

膝の上に置いたお盆から、鍋焼きうどんの熱がパンツ越しに伝わってくる。「下りも風景が変わっていいもんだろ」と呟いた穂高が、白い湯気の上がるうどんにふーっと息を吹きかけては、一本ずつゆっくり啜《すす》る。あ、猫舌なんだ、この人。なんて思いながら岳も箸を摑んだ。

天ぷらに卵、ほうれん草、シイタケ、エノキ、しめじ、油揚げ、ナルト、ネギ。敷き詰められた具材の下から、太いうどんを掬《すく》い上げる。白い湯気がふわりと舞った。出汁と醤油の香りが、山風が緩やかに吹く中でもはっきりと漂っていた。

出汁が染みてほのかに茶色くなったうどんを三本、冷ますことなく一気に掻《か》き込んだ。熱さに喉の奥が悲鳴を上げたが、すぐに痛みは溶けて消えた。必死に運んだあの水がこのあと誰かが食べる鍋焼きうどんになると思うと、何もかもチャラになる。

「うっま」

言ってから、不味いわけがないか、と笑ってしまう。雨に降られてもなお山を登り続け、山頂でこうして鍋焼きうどんを食べているのだから、美味いに決まっている。

試合の後の飯は美味いものだが、これとは少し違う気がした。体を削ってコツコツ登った先で、雲に霞《かす》む景色を前に、熱々のうどんを啜る。勝負の余韻に胃袋が躍るというより、充実感に全身の細胞が天を仰いで深呼吸をしている。

うどんに負けず劣らず熱い汁をレンゲで口に運んだ瞬間、視界の先が明るくなった。

「穂高さん！」

恥ずかしいくらい大きな声が出てしまった。立ち上がれない代わりに、前方を指さす。顎を上下に大きく動かしながら、穂高が顔を上げた。

「……富士山、見えました」

薄らいでいた雲が、刃で裂かれたみたいに突然剝《は》がれた。雲なのか霧なのか、白いベールをまとった山々の向こうに、一際大きく輪郭のはっきりとした山が姿を現す。


「綺麗でしょ？」

箸を止めた穂高が、目を細めてこちらを見てくる。得意げな顔に、岳は渋々頷《うなず》いた。

高尾山と御岳山から見る富士山とは、確かに違った。瑠璃《るり》色に染まった富士山は、生き物にしか見えなかった。息をしているようにしか見えなかった。あの山が呼吸するたびに雲が晴れ、銀色の光がゆっくり下界に手を伸ばしていく。


「そのうち、富士山も登らないとな」

「富士山ですか。あそこに登るのもいいですね」

こんなに神々しい眺めの山に、この足で登る。確かに楽しそうだ。


「それに、岳がいれば飛行機に乗って山登りに行ける。北海道とか九州とか、いい山がいっぱいある」

「俺がいれば、って、別に穂高さんは一人で高い山も登れるじゃないですか」

現に、岳が入部するまで彼はずっと一人で登山していたのだから。


「違うよ。俺、一人じゃ飛行機に乗れないんだよ」

大真面目に首を左右に振った穂高に、「はあ」と声が漏れる。

「乗れないんですか」

「無理、隣で誰かに手を握っててもらわないと、離陸前に気絶する」

「大袈裟な」

この件は、話半分程度に聞いておこう。梓川穂高とは、そういう男だ。

苦笑しながらまだまだ熱いうどんを箸で掬った、そのときだった。

ザックの中から電子音が聞こえて、岳の意識は富士山から引き剝がされた。ザックのファスナーを開けると、内ポケットでスマホが振動していた。振動の種類で、アプリの通知でもメールでもなく、電話だとわかる。

発信者の名前は、宝田謙介《たからだけんすけ》とあった。

「どうした？」

スマホを見つめたまま動けなくなった岳に、穂高が首を捻《ひね》る。

何でもないです、とスマホをザックに戻そうとして、視界の隅に富士山がまた見えて――

背中を押された気がして、通話ボタンを押した。

「――はい、もしもし、筑波です」

電話に出た瞬間、風の音が聞こえた。山頂に吹いた風かと思ったが、音は確かにスマホの向こうから聞こえていた。

よう、岳か？　そんな声が飛んでくると思ったのに、相手はいつになっても話し始めない。それどころか、電話口に人がいる気配すらない。

「……謙介さん？　謙介さんですよね？」

数ヶ月前、もう二度と呼べないのではと思った名前も、あっさり口にできた。なのに、肝心の宝田謙介の応答がない。

「もしもし？　謙介さん……」

数分待ったが、宝田謙介は何も言わなかった。やはり、彼は自分を許してくれないのだろうか。富士山の山頂が再び薄い雲に覆われはじめたのを見て、岳は電話を切った。

「どうしたの？」

うどんの汁を啜りながら、穂高が聞いてくる。

「高校のときの、クライミング部のコーチからでした」

穂高の目がほんの少し見開かれたのがわかった。口元が「それって……」と力なく動く。岳は沈黙の末に小さく頷いた。

「選手としては確かに一流だったけど、引退後に社会人として上手くいっているとは思えなくて、って筑波山で穂高さんに話した人ですよ。クライミングを高校で辞めるってその人に伝えたとき、口論になったんです」

「諦めるな、もっと頑張ってみろって？」

そういうことを、もっと長ったらしく、暑苦しく説教された。わかってる、そんなことわかってる。頑張った方がいいことも、諦めない方がいいこともわかってる。わかってるわかってるわかってる……。

でも——だった。

「実力もないのに競技を続けて、貴方みたいになりたくない。そう言っちゃったんですよ、俺」

言葉にすると、当時よりもはっきりと胸を貫かれる。あのときも、言った直後に「最低なことをした」と自分の言葉に打ちのめされた。けれど、数ヶ月という時間を経て、痛みは熟成されて猛毒になってしまっていた。

「最低すぎますね」

三年もの間、世話になったのに。あの人が誘ってくれたからスポーツクライミングを始めて、あの人の指導を受けて、インターハイまで行ったのに。引退するとはいえ、充実した三年間だったのに。

「できることなら一生顔を合わせたくないっていうか、合わせられないなって思ってたんですけど」

「その人から、突然電話が来たと」

頷くと、穂高は黙ってうどんを啜った。しばらくして、「冷める前に食べちゃいなよ」と岳の鍋焼きうどんを指さした。

「下界に下りてからその人と話したいと思えたら、岳から電話してみたら？」

ごちそうさま、と富士山に向かって両手を合わせた穂高がそう提案してきた。口調はいつも通りなのに妙に優しさが滲《にじ》んでいて、首回りが痒《かゆ》くなる。

「そうします」

鍋焼きうどんの容器を両手で持ち、残った汁を飲み干した。冷めて味が濃くなった気がする。これから下山しなければならない体には、ちょうどいいしょっぱさだった。

鍋焼きうどんを食べた後、再び稜線を歩き、分岐点である金冷《きんひやし》シに向かった。そこからは一気に、スタート地点とは別のバス停に向かって長い長い下りに入る。眼下に広がる山々に飛び込んでいくような下りは、登りとは別の爽快感があった。

宝田謙介からの電話のことは、下山後のバスの中で改めて考えた。考えれば考えるほど、スマホを握りしめる右手が重くなっていく。渋沢《しぶさわ》駅から小田急線に乗り込んで、すっかり下界に戻ってきてしまったなと思ったときには、もうスマホをリダイヤルできなくなっていた。

そんな岳をどう思ったのか、穂高が突然「温泉入りたいな」と言って渋沢駅から二駅の鶴《つる》巻《まき》温泉駅で下車してしまい、結局一緒に温泉に入ってから帰った。

宝田謙介が死んだという連絡を岳が受けたのは、翌日の朝だった。

*

鍋割山で体験した雨は、冷たくはあったけれど大地の恵みを感じられる雨だった。天から落ちた雫が自分の頬を濡らし、木々を濡らし、土を濡らし、山に染み込んでいく。山が潤い、新しい命が生まれる。空気が澄む。ぬかるんだ登山道を歩きながら、そんな自然の循環を存分に感じられた。

下界の雨は、そうではない。

履き慣れない革靴を濡らす雨は、地面に染み込むことなくアスファルトを伝う。側溝の中を緩やかに流れていく雨水がどこに行くのか、岳は歩きながらぼんやり考えた。

昼休みが終わった直後だからか、キャンパスは普段よりひっそりしていた。昨日の夕方からどんよりと曇っていて、今日もずっと天気が優れないせいかもしれない。雨に濡れた中庭には誰一人おらず、校舎全体が黒ずんで見えた。

無人のベンチの横に、黄ばんだビニール傘が一本、打ち捨てられていた。骨という骨がひしゃげ、二度と使い物にならない無残な姿だった。

クラブハウス棟の中は人の気配がしたが、天気のせいか空気が淀《よど》んでいた。その向こうから、人の話し声や笑い声が聞こえてくる。

声は廊下で反響し、何かが蠢《うごめ》いているような不協和音になる。

ミステリ研究会の部室のドアをノックせずに開けた。誰もいないだろうと思ったのに、ミステリ研究会の会長である、水瀬《みなせ》文彦《ふみひこ》が「なんだ、筑波君だったか」と顔を上げた。岳が初めてここに来たときと同じ椅子に座り、当たり前だが同じセルフレームの眼鏡をかけ、岳の知らないタイトルの小説を読んでいた。

挨拶も、ノックをしなかったことへの謝罪もできずに立ち尽くす岳に、水瀬は一瞬だけ口を開きかけた。だが、すぐに視線を本の世界に戻した。

窓を見やった。年季の入った古い窓ガラスは曇っていて、雨模様なのも相まって外の景色をぼやけさせてしまう。

それでも、窓の外には——クラブハウス棟の玄関の屋根には、オレンジ色のドーム型テントが見えた。

「お茶でも淹《い》れようか？」

動けずにいる岳を気遣ってくれたのか、水瀬がそう聞いてきた。「大丈夫です」と答えたら声が掠《かす》れた。

今日は、今朝から一言も喋《しゃべ》っていなかった気がする。

窓辺に歩み寄り、くすんだ窓ガラスを開ける。水瀬に「雨の日は滑りやすいから気をつけて」と注意され、慎重にサッシを跨《また》いで屋根に下りた。雨が少し強くなったみたいだった。

テントの出入り口は開いていた。防水のレインフライシートが扉の上を覆っているから、これくらいの雨なら吹き込まないらしい。

中で男子学生が一人、仰向けで寝ている。ぴくりとも動かない。まるで棺《ひつぎ》の中で寝ているようだった。人差し指の長い足に、何故か視線が行った。

岳の足音が聞こえたのか、長い人差し指がぴくりと動く。

「おかえり、岳」

覚醒しきった声だった。どうやら眠ってはいなかったみたいだ。むしろ、普段は飄々《ひょうひょう》と摑みどころがない話し方をするくせに、今日に限って、こんな日に限って、妙にこちらを労《いたわ》るような口振りで言う。

「傘、持っていかなかったの」

穂高の目が、岳を見上げる。雨に触れて黒さを増した喪服は、彼にどう映っているのか。

「そうみたいです」

穂高は何も言わず寝返りを打った。どうやら、岳のためのスペースを空けてくれたらしい。革靴を脱いで、ついでにぐっしょり濡れてしまったジャケットと靴下も脱ぎ捨て、テントに入り込んだ。最初こそ胡座《あぐら》をかいて座ったが、すぐに倒れるように横になった。

ドーム型テントは一～二人用で、大人が二人で横になれるくらいのスペースがある。だが、決して広いわけではない。現にこうして二人で寝転ぶと、穂高の体にすぐ手足をぶつけてしまう。少し前に彼が「そのうち山でテント泊をしよう」と言っていて、「このテントで穂高さんと寝るのは嫌です」と岳は答えた。

ああ、でも。今はこの狭さでよかった気がした。人恋しいわけではない。かといって一人きりになりたいわけでもない。あえて何事もなかったかのように日常にどっぷり浸かりたいわけでもない。

だからきっと、この狭さがちょうどいい。

雨がテントを打つ音が、思ったより大きく聞こえた。雨音に頭の奥をノックされる。隣で穂高は、同じ音を聞きながら何を考えているのだろう。

「顔、見られませんでした」

出棺《しゅっかん》の前に参列者達が棺に花を供えたのだが、岳はどうしても彼の亡骸《なきがら》に歩み寄ることができなかった。一緒に参列した母が、岳の分の花を代わりに持っていってくれた。

「遺影は、謙介さんが現役のクライミング選手だったときの写真でした」

あれは恐らく、国際大会で入賞したときのものだ。岳が知るよりほんの少し若い宝田謙介が、日本代表のユニフォーム姿ではにかんでいた。前髪が短く、サイドを刈り上げた面長の好青年。眉が凛《りん》としていて、目は溌剌《はつらつ》としていた。

葬儀場には、岳が高校時代に世話になったクライミング部の顧問や、現役の部員、ＯＢ・ＯＧが詰めかけていた。彼の選手時代の知り合いも大勢来ていて、何の繋《つな》がりか慶安《けいあん》大クライミング部の国方《くにかた》の姿まであった。

「死んだ謙介さんの顔、見られませんでした」

同じ言葉を繰り返す。俺は今、後悔をしているのだ、と思い知る。

岳が謙介と出会ったのはすでに彼が引退した後だったけれど、現役時代の映像は何度も見たことがある。ウォールを登る宝田謙介は、猛禽《もうきん》類のような顔つきをしていた。彼のホールドの掴み方、フォーム、難所を攻略するためのムーブ、彼の登り方をトレースしたくて研究と練習を重ねた。

岳が特に好きだったのは、憧れたのは、リード種目に臨むときの彼だった。ウォールを登る前に攻略の道筋を立てるオブザベーションが早く的確で、でも実際に登りながら柔軟にルートを修正し、道を切り拓《ひら》いていく。

　野性的な力強さと、それとは正反対の緻密さ。熱いものと冷たいものが複雑に渦巻くクライミングをする男だった。

　そういう人が、自分の指導者だったのだ。

「今頃、火葬されて骨になってますよ」

　納骨は当日のうちに済ますのだろうか。四十九日の法要のときに墓に納めるのだろうか。彼の家の墓は、岳の実家からもほど近い、小高い丘の上にあるらしい。せめて今日の納骨でないといい、と思った。こんな冷たい雨が降る日にでなく、晴れた気持ちのいい陽気の日であってほしい。

　身勝手だなと思いながら、そんなことを願った。

「岳」

　すぐ側から声がする。

「あんまり、自分を責めない方がいい」

　テントの中に籠もった声は妙に温かく、頼むからそういう優しさの滲ませ方をしないでくれと吐き捨てたくなった。

葬儀場を出て、母と別れてわざわざ大学に来たのは、他ならぬ自分なのに。

「でも、俺は謙介さんと最後に顔を合わせたとき、本当に……本当に最低なことを言いました」

「だからって別に……」

「自殺かもしれないって」

言った瞬間、首を絞められる感覚がした。息が詰まって、胸が苦しくなる。

「どういうこと」

隣で穂高が再び寝返りを打った。至近距離から岳のことを見ている。その視線から逃れるように、テントの天井を見上げたまま、首を左右に振った。

「遺書が見つかったわけじゃないです。ただ、謙介さんの家族とか友人とか周囲の人が『もしかしたら』って言ってるらしいです」

「滑落事故だったんだろ、宝剣岳《ほうけんだけ》で」

それは、岳が穂高と鍋割山に登ったあの日に起きた。

宝田謙介は、長野県の中央アルプスにある標高二九三一mの宝剣岳に登っていた。中央アルプスの最高峰・木曽《きそ》駒《こまが》ヶ岳《だけ》の南に位置する、険しい岩峰だ。

午後十二時半頃、謙介はその山頂付近から滑落し、全身を強く打って亡くなった。切り立った岩場から運悪く転落し、足、肩、頭と……体を三度岩肌に打ちつけながら三〇〇mも落下したのだ。

その日の夜に「中央アルプス・宝剣岳で滑落」と小さなニュースとして報道されたらしいが、謙介の名前は出なかった。岳はその頃家で一人、呑気《のんき》に風呂に入っていた。「今日も登ったなあ」なんて、達成感に気持ちよく肩まで浸かっていた。

翌朝、高校時代のクライミング仲間から、謙介が死んだことを電話で知らされた。

ネットで検索をすると、「スポーツクライミングの元日本代表候補選手、中央アルプスで滑落死」というニュースがヒットした。謙介の現役時代の功績がささやかに伝えられ、痛ましい事故が起こってしまったと事務的に報道されていた。

壮絶な死に方だった割に、遺体の顔は綺麗なものだったと、葬儀の参列者が口走っていた。

それは、果たして幸運だったのだろうか。

「謙介さん、クライミングは引退したあともずっとやってたけど……登山の趣味なんてなかったから。だから、わざわざ宝剣岳に登るなんておかしいって、謙介さんの家族も思ってるみたいです」

しかも、宝剣岳に登る前日、謙介は両親と口論になったらしい。「いつまでもふらふらしてないで定職に就いたほうがいい」とか「今のお前の生活は十年後も続けられるものじゃない」とか、両親のそんな忠告が発端だったと、謙介の父が親族に話しているのを斎場で聞いてしまった。

事故ということで報道されたが、もしかしたら、自ら飛び下りたのではないか。

今日の葬儀の参列者の中にも、そんな風に声を潜めて話す人がいた。引退後の謙介のキャリアが「今ひとつ」だったのは、みんなよくわかっているのだ。

それに——。

「それにっ……」

喉が痙攣《けいれん》する。言葉が続かない。穂高が短く岳の名前を呼んだ。歯を食いしばって、喉に力を込めて、残りを吐き捨てた。

「俺は、謙介さんを、助けられたかもしれないのに」

鍋割山の頂上で、謙介からの電話に出た。

あれはまさに、謙介が滑落した時間帯だった。宝田謙介が死の直前に、岳に電話を掛けていたのは、それだけは、紛れもない事実だった。そのために、岳は謙介が死んだ翌日に警察から事情聴取までされたのだ。

そのとき、「事故と自殺の両面で捜査する」とはっきり言われた。

「滑落した謙介さんが助けを求めたのかもしれない。もし、もし本当に自殺だったなら、あれが、最後の、ＳＯＳだったかもしれない」

電話からは風の音がした。今思えばあれは、山に吹く風だった。遮るもののない、混ざるものも染まるものもない自由で若々しい風だ。

思い出すたびに、その音の向こうで血まみれの謙介が倒れている姿が浮かぶ。見たこともない宝剣岳の山頂にたたずみ、生の縁から死を覗き込んでいる謙介が、浮かぶ。

「少なくとも、前者は違うよ」

小さく溜《た》め息をついて、穂高は岳と同じように仰向けになった。薄暗い天井を見上げて、「違う」と繰り返す。

「ニュースでは即死だったって言ってたから、『事故に遭った、助けてくれ』の電話じゃない。俺は自殺しようなんて思ったことがないから、そういう人の心理がどう働くものか皆目見当がつかないけれど、その人、岳に何も言わなかったんだろ？　今から死のうとしてる人なら、何かしら自分の言葉を残そうとするんじゃないかな」

穂高の話し方は普段とは違い、いやに平坦だった。岳がゆっくり頷くと、まるでレポートを読み上げるみたいに淡々と続ける。

「俺はどちらかというと、その人は事故の直前に、純粋に岳に電話を掛けようとしてたんじゃないかと思ってる。岳の番号を呼び出して発信ボタンを押した瞬間に足を滑らせたんじゃないかって」

「それ、慰めてるつもりですか。俺に言いたいことがあって電話したけど言い出せなくて、俺が勝手に電話を切ったから、謙介さんは何も残せなかったのかもしれないでしょう」

むしろ、その可能性の方がずっと高い。警察が自殺の線でも捜査しているのは、謙介のセカンドキャリアが上手くいってなかったのと、岳への電話の件があるからだ。

「岳……」

穂高が岳の腕を摑んでくる。振り払おうとしたら、力強く握り込まれた。

「俺が言いたいのは、事故だとしたら岳にその人を助けることはできなかったってこと。事故だったにせよ自殺だったにせよ、その人が宝剣岳で岳に電話をしたかったってのは、事実なんだろうけど」

「宝剣岳から、ですか」

鍋割山で呑気に鍋焼きうどんを啜って富士山を眺めていた岳に、彼は何を伝えたかったのだろう。文句だろうか、恨み節だろうか、もしくは自死を選択させてしまうほどの何かを吐露しようとしたのだろうか。

何故、俺は電話を切ってしまったのか。

「宝田謙介、宝剣岳」

小さく呟いた穂高に、岳はぎくりと肩を揺らした。そりゃあ、この人には伝わるよな、と肩を竦《すく》める。

「……俺が気づくくらいですから、穂高さんも気づきますよね」

彼は何を求めて、自分と似た名前を持つ宝剣岳に登ったのだろう。そこに、求めていたものはあったのだろうか。

ふわりと、線香の香りがした。喪服にこびりついた葬式の残り香だ。宝田謙介の――自分を指導してくれた人が命を落とした証《あかし》だ。

目元に全身の熱が集まっていく感覚がして、慌てて腕で顔を覆った。線香の香りはより強くなってしまった。

「泣けばいいんじゃないの？」

「そんな資格ないです」

ない。全く、ない。

現に、目の奥がどれだけ熱を持っても、涙はあふれてこなかった。

＊

「登る前から勝負は始まってるんだ」

　高校入学直後、クライミング部の練習を見学していた岳を捕まえた宝田謙介は、競技の説明も碌《ろく》にしないまま岳をウォールの前に立たせた。

　言われるがまま体操着に着替え、サイズが合いそうだからと借りたシューズを履き、ストレッチをさせられて、岳は大小さまざまな突起のついた人工壁を見上げた。滑り止めだと、チョークを粉状に砕いたものを手に塗りたくられる。

　四階建ての校舎は真ん中が吹き抜けになっていて、そこにスポーツクライミング用の巨大なウォールがそびえていた。ここがクライミング部の練習場なのだ。上級生からしたら当たり前の光景なのだろうが、入学したばかりの一年生は、廊下を歩くたびに物珍しげにウォールを眺めていた。

「色とりどりの突起はホールドといって、そこを掴んだり足を掛けたりして登っていく。無造作についているように見えるホールドは、実はいくつもの道になってる。その道の中から、登りやすいルートを見つけ出す。これをオブザベーション、通称・オブザベといって、スポーツクライミングの胆《きも》だ」

　岳の背後に立った宝田謙介は、張りのある声でそう説明した。二十代後半の若い男で、仕事をしながらときどきクライミング部のコーチをしているのだという。

彼がこの学校のOBで元スポーツクライミングの選手で、オリンピックの日本代表候補にもなったことがある――とは、このときの岳はまだ知らなかった。

「自分で道を見つけて、登ってみるといいよ」

促され、岳はウォールに手を伸ばした。摑みやすそうな黄色いホールドに指を引っ掛け、足下の平たいホールドに左足を掛ける。

床に敷かれたマットは分厚く柔らかい。反動をつけ、一歩這《は》い上がってみる。ぼんやりと、次はここ、その次はここ、と登りやすそうなホールドが続いていた。これが道か、と岳は次々手を伸ばした。

ところが、淡い道が突然途切れてしまう。行けると思ったホールドに手が届かない。どれだけ手を伸ばしてもあと一歩足りない。両足で体重を支え、痺《しび》れてきた両手を休ませながら、岳は首を捻った。

ルート選択を誤ったのだろうか。周囲を見渡すと、思ったより高いところにいると気づいた。二階の廊下がすぐ近くにある。

「種目によっては、もっともっと高いところに行くぞ」

下から謙介が語りかけてくる。

「左上の赤いホールド、手が届かないだろ。今、君は腕の力だけで登ってるから、体力も消耗する。体の使い方が間違ってるから届かないんだよ」

「体の使い方？」

振り返って問いかける。中途半端な高さに、膨ら脛の辺りが緊張する。

「スポーツクライミングにはムーブっていって、ホールドからホールドへ移る際の基本的な体の動かし方ってのがあるんだ。それをマスターすると、今は手が届かないホールドも摑めるようになる」

例えばこう――と、謙介はその場で基本のムーブとやらをジェスチャーで教えてくれた。左手を出したときは、左足と右手で体を支え、体を捻り、腰を壁に近づける。そうすることで体を大きく使えて、腕が遠くまで伸ばせる。

言われた通りのムーブで、ホールドに手を伸ばした。まるで自分の腕が長くなったような、奇妙な浮遊感に襲われた。あ……と思った瞬間には、狙ったホールドは岳の手の中にあった。

「ほら、登れた」

下りてこい、と手招きされ、岳はゆっくりウォールを下った。マットに着地しても、あの赤いホールドの感触が手に残っている。

「また登ってみたくなったら、おいで」

そう笑った彼は、岳がまた来ることを確信している顔をしていた。そしてそれを不快に思わなかった他ならぬ自分が、またここに来るような予感がした。またあの赤いホールドを摑みたかった。

　岳が登っていたのとは違うウォールを、クライミング部の部員が登っている。命綱をつけ、校舎の三階に匹敵する場所を悠々と登っていく。

　吹き抜けの上にある天窓から春の陽《ひ》が差していて、そのクライマーの姿は白く輝いていた。

「てっぺんまで登りきることを、完登っていうんだ」

　岳と同じ方向を見つめて、謙介は言った。

「完登は気持ちいいぞ。最後のホールドを摑んでから見る景色は、練習場だろうと試合会場だろうと関係なく、いいものだ。あれ以上に美しい景色は他にない」

〈美しい〉は流石に大袈裟ではないか。そう思った岳だったが、それから二ヶ月後に県内で行われたスポーツクライミングの大会で、リード種目で完登して優勝した。経験者や同じ部の先輩を押しのけての優勝だった。

　予選を通過し、決勝で謙介の言っていた完登後の景色というものを見た。大勢の人が岳を見上げていた。窓からの光に、体育館を舞う微細な埃《ほこり》すら輝いて見える。十五メートルという数字以上に、自分が体一つで登ってきた高さであることに胸が高鳴った。

　上下する肩とあふれ出る煮えたぎった吐息が、岳を祝福していた。なんてことはない体育館の風景が、「お前は何者にも脅かされない自由な場所にいるのだ」と実感させてくれた。

ああ、確かにこれは美しい。このために俺はウォールを登るのだ。

その美しさに身を委ねるように、岳はホールドから手足を離した。命綱で繋がれた体が静かに降下していく。四肢に重力を感じた。誰も手の届かない場所から、下界へ戻っていく気分だった。

「見えた？」

表彰台を下りた岳に、謙介は真っ先にそう聞いてきた。目が飴細工《あめざいく》のように艶《つや》やかに光った。彼の確信が、地響きのごとく岳まで聞こえてきた。

「見えました」

「美しかった？」

「そうっすね、美しかったですね」

言いながら、自然と笑みがこぼれ、お湯が沸騰するようにふつふつと声が込み上げてきて、ついには笑い声になった。謙介も同じだった。岳より十歳以上も年上なのに、子供みたいに大口を開けて笑った。

顧問や先輩から、「一年なのに凄《すご》いじゃないか」と褒められた。自分にはどうやら、クライミングが向いているらしいと確信した日だった。

登った。

その日からひたすら登った。

登れば登るほど新しい課題が、新しい目標が見えて、そこを目指してまた登った。

登り続けていたら、自分の限界と、高校卒業が見えてきた。その先の進路が——進学や就職、社会人生活が見えてきた。

「謙介コーチって、ちゃんとした仕事してないってうちの親が言ってたけど」

そんな風に言っていたのは、クライミング部の同級生だったと記憶している。彼は高三に進級すると同時に部を辞めて、それ以来言葉を交わしていない。

「ヒセーキだったか、ケーヤクだったかわかんないけど、正社員ってやつじゃないらしいよ。まあ、じゃなきゃこんな頻繁にコーチなんて来られないよな」

確かに、謙介は平日の放課後も週に二日、土日も必ずコーチをしに来てくれた。会社員をやっている人間が、いくら元選手でＯＢとはいえ、こうも甲斐甲斐しく母校に足を運べるものなのか。

そう疑問に思えるくらいには、高校三年生は現実的だった。

これで飯を食っていくのは無理だ。

俺はクライミングに向いていたかもしれないし、それなりに嬉しいと思える結果も出したけれど、それでもオリンピックに出られるような選手ではない。努力してそれなりの地位を手にしたとしても、謙介のようにたった一度の怪我ですべてを失うかもしれない。

あれだけ夢中になって登ったウォールを降りる日は、意外とあっさりやって来た。大学ではクライミングは続けない。そう伝えたときの謙介の顔を、はっきりと覚えている。裏切られた、という顔を彼はしていた。お前だけは続けると信じていたのに、という目で、岳を見ていた。

「お前は、まだ登れるよ」

彼がたくさん投げかけてきた「諦めるな」「もっと頑張ってみろ」という類の言葉の中で、その一言が何故か耳の奥にこびりついている。上擦《うわず》った言葉尻まで、鮮明に。

「もう登れないですよ」

そう言って、その後、口論になった。世話になったコーチに絶対に言ってはいけないことを言ってしまった。申し訳なくて一生顔を合わせたくないと思った。高校卒業と同時に一人暮らしを始めたのも、高校の側を——彼の気配がする場所から離れたかったからだ。

でも、顔を合わせたくないなんて思いながら、心の底ではいつか謝れる日がくるという身勝手な甘えがあった。彼が死んでから、それに気づいた。

握り締めたスマホがスリープモードになり、まっ暗になったスマホに自分の顔が映り込む。泣いてもいないし憤ってもいない。内臓を全部引き抜かれたような顔で半目を開けていた。

画面に触れる。スマホに表示されたのは、ネットニュースの記事だった。

〈まともな社会人になれない、引退後の不幸——アスリートのセカンドキャリア問題〉

宝田謙介の現役時代の写真と共に、そんな見出しが躍っていた。

謙介の死を「自殺の可能性もある」と書きながらも、さもクライミング選手引退後の人生を悲観して命を絶ったかのように書き連ねていた。

宝田謙介が宝剣岳で滑落する直前、山頂の岩場にたたずみ、遠くを眺めたままぼーっとしている彼を目撃した登山客がいたと、三日前にささやかにニュースになった。「不自然なくらい長い時間だった」という証言が、謙介が自殺したという推測を説得力の高いものにしてしまった。

岳がスマホで見ていたニュース記事はそのことを踏まえ、十代、二十代を特定の競技に捧げたアスリートの引退後のキャリア形成の難しさについて論じていた。

見出しを見た瞬間に沸き立った怒りは、記事を読み終える頃には消えていた。納得したわけではない。怒る気力すら、短時間でどこかに行ってしまった。

時刻は正午。すっかり高くなった陽が、背後から燦々《さんさん》と岳を照りつけている。エアコンをつけていない室内の気温は随分と高くなり、粘ついた不愉快な空気になっていた。

ベッドから起き上がると、全身の血が左半身に集まってしまったように怠《だる》かった。もう一週間、授業に出ていない。そもそも大学にすら行っていない。

足を引き摺《ず》るように身支度を済ませ、家を出た。部屋の片隅には、雨に触れた喪服が脱ぎ捨てられたままになっている。

徒歩で大学に行き、午後から取っている倫理学の教室に入った。授業はもう始まっていて、空席を探していると、離れたところから小島《こじま》が手招きしていた。そういえば、この授業は小島と一緒に取っているんだった。

「お疲れ、元気だった？」

小島の顔を見るのも、随分久しぶりだ。

「最近大学来てなかったでしょ？　どうしたの？」

隣に腰掛けると、小島はすぐに聞いてきた。視線は黒板に向いているが、板書をメモしている様子はない。

「ああー……うん、ちょっとサボり」

「サボりだったの？　登山部に入ったっていうから、てっきりとんでもない未開の地にサバイバルでもしに行ってるのかと」

「いや、サバイバルって……」

たかが大学の登山部なんだから、と笑ったが、小島は「でもさあ」とこちら見て声を潜めた。

「うちの大学の登山部の人、いっつも山登りの恰好《かっこう》でうろうろしてるし、すぐキャンパス内でテント張るじゃん。あそこはやばい部だって軽音の先輩が言ってたよ。『いつエベレストに登りに行って行方不明になっても不思議じゃない』って」

そういえば、小島は軽音楽部に入部したんだった。同じクラブハウス棟に部室があるから、穂高と岳が玄関の屋根の上にテントを張っているのも、散々見ているはずだ。

小島の席の後ろに立てかけられたギターのケースに目をやる。そうか、穂高は……ついでに自分も、他の部やサークルの連中からそんな風に見られているのか。

「確かに、穂高さんはいつエベレストやキリマンジャロに登るって言い出してもおかしくないけど……」

「それに、去年だか一昨年だかに、山で死体を見つけたことがあるんでしょ？」

大教室の後ろの方で聞く講師の声は聞き取りづらく、反対に周囲の学生の話し声は大きい。

なのに、小島の声が耳に突き刺さってくる。

「……は？」

死体？　と首を捻った岳に、小島は「死体」と繰り返す。

「何それ」

「筑波、知らないの？　うちの部の先輩が言ってたから、本当なのかなかどうなのか気になってたんだよね」

「いや、聞いたこと……ないけど」

普段だったら笑って受け流す。小島も、とても本気にしている顔ではなかった。久々に大学に顔を出した友人に、噂話《うわさばなし》を投げかけてきたに過ぎない。

でも、今日はとても相手をする気分じゃなかった。

数分ほど間を置いてから、岳は「トイレ」と言って教室を出た。鞄《かばん》もそっくり持って出た。

こうなったら、行ける場所なんて一つしかない。

クラブハウス棟へ向かい、ミステリ研究会の部室のドアをノックする。水瀬の声がした。

「生憎《あいにく》、穂高君は今日はまだ来てないよ」

水瀬はいつも通り本を読んでいた。この人はちゃんと授業に出ているんだろうかと、お節介ながら岳は思った。

「そうですか……」

水瀬の言う通り、窓の外には穂高の姿もなければ、お馴染《なじ》みのオレンジ色のテントもなかった。それが正常な状態のはずなのに、奇妙なくらいの喪失感がある。

「筑波君、しばらく大学来てなかったの？」

「まあ……一週間くらい、サボってました」

「穂高君もいないし、お茶でも飲む？　来たはいいけど授業出る気にならないんでしょ？」

本を閉じた水瀬が、側の棚に積まれた本を掻き分けるようにして、ティーカップを引っ張り出す。「カップはある癖に、ポットはないからティーバッグなんだけどね」と、テーブルの端に置いてあった電気ケトルからカップへ湯を注いだ。

本の積まれていない椅子を探して、水瀬の側に腰掛けた。登山部はしょっちゅうコーヒーを淹れているけれどミステリ研は紅茶なんだな。なんて、ティーバッグからお湯に染み出る飴色を眺めながら思った。

「穂高君も昨日、一昨日と姿を見かけないんだよね」

「一人で山でも登ってるんじゃないですか」

そして死体を見つける……なんてことがあるわけがない。現にこれまで彼と何度も山に登ったけれど、死体どころか鹿にすら会っていない。

「せっかく部員が増えたんだから、筑波君も連れて行ってあげればいいのに」

自分の分の紅茶を片手に苦笑いをこぼした水瀬に、岳はゆっくり首を横に振った。一口飲んだ紅茶は、ティーバッグにしては香りが豊かだった。

「しばらくは、山に登る気にはなれないです」

しばらくとはいつまでだろう。もしかしたら一生、山に登るたびに俺は謙介さんのことを思い出すのだろうか。彼にしてしまった仕打ちを、その都度、懺悔《ざんげ》するのだろうか。

「何なら、ミステリ研にも入る？　今、部員は僕だけのようなものだから、兼部でも大歓迎だけど」

この人は、穂高から謙介のことを聞いていているのだろうか。

「人が死ぬ話を読みたい気分でもないです」

「ミステリって、別に人が死ぬ話ばかりじゃないよ。人が死なない話もたくさんあるし、あの人はどうしてこんなことをしたんだろう、ってその人の行動の動機を解き明かす話も多い」

「どっちにしても、遠慮したいですね……」

どうしてこんなこと。そんなの、解き明かしたいに決まっている。

謙介の死は結局、事故か自殺かわからないまま、そのうち世間からも忘れ去られるだろう。

「宝剣岳で三十歳の男性が滑落死」という事実だけを、事実として残して。

なのに、彼の死から十日という中途半端な時間が経過し、自殺の線は岳の中でこれ見よがしに濃くなっている。多分、彼の家族、友人、知人、きっとみんなそうだ。

世間は彼のことなどものの数分で忘れてしまうが、彼の周囲の遺された人間は「アレは自殺だったの？　事故だったの？」という問いを、見えない誰かに投げかけ続けている。

遠くから、微《かす》かにギターの音がした。軽音楽部の誰かが練習しているんだろう。途切れ途切れの弦の音と一緒に、小島が軽音楽部であることと、先ほど彼がしていた話を嫌でも思い出してしまう。

「あの、水瀬さん」

「なあに？」

再び本を開いた水瀬が、文章を目で追いながら間の抜けた返事をする。

「穂高さんが登山中に死体を見つけたことがある、なんて噂をさっき聞いたんですけど」

「ああ、それ、死体じゃなくて遭難者」

水瀬が本のページを捲《めく》る音がやけに大きく聞こえた。あまりにさらりと言ってのけられ、岳は堪《たま》らず身を乗り出した。

「そ、遭難者……？」

「去年だったかな。ほら、あそこに警察からもらった感謝状も飾ってあるよ」

眼鏡のレンズを白く光らせ、水瀬は部室の一角を指さす。本棚の一角に、ミステリ小説に埋もれて埃まみれの額が確かに置いてあった。駆け寄って手に取ると、確かに穂高の名前が入った感謝状だった。左下に警察署の名前もはっきり書いてある。

「うわ、ホントだ……」

スマホを引っぱり出し、感謝状に記された日付をもとに、穂高の名前で検索をかける。ニュース記事があっさり出てきた。

去年の四月、神奈川県の丹沢《たんざわ》で行方不明になっていた六十代の男性を、登山中の穂高が発見して救護を行っていた。感謝状を受け取る穂高の写真まで掲載されていたから、間違いない。

「大学が喜んでホームページにも載せてたから、それが巡り巡ってそういう話になったんじゃないかな」

「四六時中山に登ってれば、遭難者の一人や二人、見つけるものなんですかね」

額についていた埃を払い、元の場所に戻してやる。再び椅子に腰掛けて紅茶を飲みながら、スマホに表示された穂高の記事の続きを読んだ。

行方不明だった男性は、丸二日山中を彷徨《さまよ》っていたらしい。穂高がその人を発見した日は前日の夜から雨で、穂高は登山道を外れたところにずぶ濡れで倒れている男性を見つけ、近くの山小屋まで運び、水と食料を与えた。その後、スマホの電波が入る場所まで二時間ほど掛けて一人移動し、警察に通報したと書いてある。あの人のことだから、飄々と冷静に、すべてをこなしてしまったような気がする。

でも、記事の後半に書かれていた一文が、岳の思考を奪い去った。

〈梓川さんは十八歳の大学一年生ながら、登山歴は八年になる。感謝状を受け取った梓川さんは「僕も昔、山で命を救われたことがあるので、助けられて本当によかった思います」と笑顔で語った。〉

「……山で命を、救われたことがある」

呟いたら、水瀬が一瞬だけこちらを見た。だが、何も言ってこなかった。

筑波山に初めて登った日。下山後に穂高と麓の温泉に入った。彼の脇腹と背中と肩口には、赤黒い火傷痕があった。濡れたケロイドと、穂高の体の動きに合わせて少しだけ引き攣《つ》る肌は、目を閉じるとすぐに浮かぶ。暖かい温泉とまどろみの中で、それについて聞こうと思えなかったことも。

「山で火傷するようなことって、何がありますかね」

言ってから、あの火傷が関係あるとは限らないじゃないかと思い至る。水瀬が何の捻りもなく「山火事とか？」と答えた。

その瞬間、部室のドアがノックもなく開け放たれた。

「おーう、二人とも久しぶり」

ザックを背負い、アウトドアハットを被った穂高が、慌ただしく入ってくる。自分と水瀬以外にここにやって来る人間なんて彼しかいないのに、何故か安堵《あんど》してしまう。

「穂高さん……」

スマホをズボンのポケットに押し込んで、いつもはしないのに会釈をした。

「お茶飲んでたんだ。ちょうどいいや、お土産、よかったら食べて」

穂高が岳と水瀬の前に紙袋を置く。中から出てきたのはアップルパイだった。如何にも地元産のリンゴを使って作ったお土産というパッケージをしている。

「穂高さん、今までどこに行ってたんですか」

水瀬が「いいお茶菓子だ」とアップルパイの箱を開けるのを横目に、岳は聞いた。彼と顔を合わせるのも、言葉を交わすのも、謙介の葬儀の日以来だった。

「木曽駒ヶ岳」

岳を真っ直ぐ見下ろして、穂高は言った。岳の胸の内をそっと撫《な》でるような、静かな物言いだった。

　その言葉を裏づけるように、穂高の体から山の匂いがした。土と草、木、岩、風、空の香りが彼の髪や肌や服に染みついている。

「登ったんですか」

「昨日から登って、山頂近くのキャンプ場で一泊して、今日は宝剣岳に登ってきた。もちろん、木曽駒ケ岳はついでで、目的は宝剣岳」

　そのまま真っ直ぐ帰京して、大学に来たというのか。わずかに感じられた穂高の汗の臭いが、岳の疑問を肯定した。

「〈わからない〉ってことがわかった」

　穂高の表情は、いつもと違った。糸から解き放たれた凧《たこ》のような掴みどころのなさが消え、巨大な山と対峙《たいじ》している気分にさせられた。

「宝剣岳の山頂に立ったし、岳のコーチだった人が滑落したって場所も歩いたはずだけど、岳に何か教えてやれるものは特になかったよ」

　近くにあった椅子から本をどかし、穂高は「俺じゃあ駄目だ」と腰を下ろした。水瀬が淹れた紅茶を「アイスティーがよかったな」と言いながら一気に半分ほど飲んでしまう。

　宝剣岳に登ったら、岳に何か手土産を持ち帰れるとでも思ったのだろうか。

事故か、自殺か。自分のせいなのか、そうじゃないのか。揺れ動く後輩に何を持ち帰りたかったのか。

「俺が今、宝剣岳に行ったって、何もわからないです。何だかんだで俺は、謙介さんがどんな気持ちでどんな風に引退後に過ごしてたのか、詳しく知らないんですから」

自分が知る宝田謙介の大部分は、高校のクライミング部のコーチだ。現役を引退した彼の、一番綺麗で光り輝いている部分に接してきた。自殺なんてするわけない、いや、でも——そんな出口のない、答えの出ない疑問に翻弄されている。

「なあ水瀬、ミステリ小説だとこういうときってどうやって真相に迫ればいいの？」

「蚊帳の外にいる人間に突然話を振らないでよ」

アップルパイを齧りながら本の世界に戻っていた水瀬が、目を丸くして顔を上げる。

「そこはミステリ研究会の会長なんだからさ。何のために二十四時間中二十時間くらいミステリを読んでるんだよ」

「ミステリ研だからって推理ができるかと思ったら大間違いだよ。あれこそ小説の中の話だ」

穂高が岳を見て、「話していいか？」と短く聞いてきた。岳がゆっくりと頷くと、穂高は水瀬に謙介のことを簡潔に説明した。目を白黒させながらも、水瀬は真剣な顔で聞いてくれた。

「なるほど、いろいろ合点がいったよ」

狐色に焼き上がったパイ生地の端を口に放り込んだ水瀬は、穂高と岳を交互に見た。

「とりあえず、わからないことと知りたいことを整理するといいんじゃないかな。犯人は誰なのかを知りたいのか、犯行の方法が知りたいのか、犯行が行われた理由が知りたいのか」

「あ、それ知ってる。ダニットね」

「ダニットって略す人はいないと思うけど、そういうことだよ。フーダニットなのかハウダニットなのかホワイダニットなのか……聞いてる限りだと、君達が知りたいのは恐らくホワイなんだろうね。その宝田謙介さんなる人が、何故に宝剣岳に登り、事故にせよ自殺にせよ、何故死ぬことになったのか」

「フーもハウもほとんどわかってるからな」

掌サイズのアップルパイを大口で頬張りながら頷く穂高に、水瀬は本に栞《しおり》を挟んで閉じる。

「解き明かすべき対象がわかってるのはいいことだよ。ホワイダニットを知りたいときは、とりあえず登場人物の背後関係を洗い直すといいんじゃないかな。フィクションだとそうしてるうちに、思いもよらぬ背後関係や過去の事件が浮かび上がって、それが解決の糸口になる……ことがある」

あくまでフィクションの話だからね？　と、水瀬は岳を見て念を押してきた。肩が強張って、すぐに反応できなかった。

「岳、どうする？」

穂高までも岳を凝視して聞いてくる。

「岳が調べなくても、俺は勝手に調べると思うけど、いい？」

「どうして穂高さんが調べるんですか。完全に部外者なのに」

「今のままじゃ、岳がもう山に登れないって思うから、だよ」

なんてことない風に言うものだから、こちらの聞き間違いかと思った。アップルパイを食べ終えて指先をちろりと舐《な》めた穂高に、岳は肩を竦めた。溜め息をつくと、緊張していた頬から力が抜けて、口元が緩んだ。

これを笑みと取るなら、一週間ぶりに自分は笑えたのだと思う。

「俺も調べてみます……いや、俺が調べます」

言ってから、自分の言葉に二度、頷いた。

「あの人が事故で死んだのか、自殺を図ったのか。真相なんて結局わからないかもしれないけど、俺が辿《たど》り着けるぎりぎりのところまで這い上がって目を凝らさないと、謙介さんに合わす顔がない」

岳の言葉に、穂高はしばらく動かなかった。水瀬は「お湯がなくなっちゃったね」と、電気ケトルを抱えて部室を出て行った。

「手伝うよ」

二人きりになった室内で、穂高は当然という顔で言った。何も返せず、岳は穂高に頭を下げた。

穂高は二つ目のアップルパイを開封しながら、「また二人で登りたいからね」と笑った。

この人はどうして、ただの登山仲間のために、誰かと山登りをするために、ここまでのことをするのだろう。

そんな疑問は、胸の温かさに押し流された。

第三章

日《ひ》の出《で》山《やま》に洗われて

花見《はなみ》川《がわ》総合高校クライミング部顧問の島本《しまもと》は、岳《がく》が大学で登山部に入っていることを伝えても驚かなかった。高校卒業と同時に競技は辞めたと知っているし、謙介《けんすけ》の葬儀のときに母が登山部のことを伝えたのかもしれない。

「あいつがいないと、部が静かだよ」

島本は花見川総合高校で体育を教えている。歳《とし》は、今年で五十二歳だったか。日に焼けた体とスポーツ刈りは変わらないが、短い間に少し老け込んでしまったように見えた。

一年前まで当たり前に出入りしていた部室の片隅で島本と対面しているのは、時間が巻き戻ったみたいな奇妙な気分だった。すでに放課後の練習の時間が始まっており、部室には生徒の姿はない。

でも、壁やロッカーに染みついた運動部独特の汗と土埃《つちぼこり》が混ざった匂いも、がたつく長机も、動くたびに軋《きし》んだ音を立てるパイプ椅子も、岳がよく知っているものだった。

それでも、コーチである宝田《たからだ》謙介が死んだということだけは、変わらない。

「謙介さんの声、でかかったですもんね」

声量が大きいというより、どんな場にも響くよく通る声をしていた。

「たいした給料も出せてないのにお前等のことも熱心に指導してくれたから、この何年かは謙介に頼りっぱなしだった」

彼がいなくなった穴を——その縁から底を覗《のぞ》き込むような島本の言い方に、岳も自然と俯《うつむ》いていた。

「島本先生は、謙介さんが自殺したんだと思いますか？」

率直に聞くと、島本は小さく唸《うな》り声を上げてパイプ椅子に座り直した。

「正直に言うとな、最初は事故に決まってると思った。自殺なんてするような奴じゃないことは俺が一番よく知ってる」

島本は、謙介が高校時代にクライミング部にいた頃から彼を指導していた。謙介が選手を引退し母校でコーチをやり始めてからの年数も加えれば、かなりの付き合いになる。

「でもなあ、こうやって時間がたつと、表に出さなかっただけで、あいつもいろいろと悩んでたのかもしれないと思うようになった。自殺なんてするわけないっていうのは、俺の身勝手な思い込みかもしれない、とも思う」

「謙介さん、本業の仕事が上手くいってなかったんですか？」

謙介が選手引退後の人生を悲観して命を絶ったかのような書き方をした、例のニュース記事の名前を出した。島本は「ああ、あれな」とあからさまに不機嫌な顔をして、両腕を組んだ。

「あいつ、二十五のときに選手を引退してからずっとうちでコーチしてくれてたけど、本業の方は転々としてたから……そもそも本業と捉えていいのかもわからん。セカンドキャリアが上手くいってなかったと言われたら、確かにそう言わざるを得ないかもしれない。お節介だとは思いながらも、俺だって心配はしてたんだ。謙介はいつも『大丈夫っすよ』としか言わなかったが」

「でも、選手を引退したって、現役時代に所属してた会社でそのまま勤務したりするもんですよね。『競技から退いて社業に専念』って」

「実業団を持ってたりアスリートを雇用してたりする企業が、全部が全部そうってわけじゃない。引退後に正社員になれるところもあれば、契約社員にしかなれないところもある。謙介がいたところは後者だったんだ。謙介が契約社員として勤務し始めた直後に会社の業績が悪化して、二年くらいで首を切られちまったんだよ」

驚く岳に、島本は「別に珍しい話じゃないぞ」と肩を落とした。

「謙介も、『ミスは多いし営業成績も悪かったから仕方がない』って言ってたしな。若くて元気があって元スポーツ選手ってことで顧客には気に入ってもらえるのに、営業成績にはてんで繋《つな》がらなかったんだとさ」

「そういうもんなんですか」

「岳も、そういうのを感じ取ったからクライミングは続けなかったんだろ？」

確かにそうだ。けれど、高校生の自分が感じたのは、未来に対するもっと漠然とした仄暗《ほのぐら》さで、こうして具体的に話されると息が詰まる。

客受けはいいのに営業成績が上がらないなんて、元アスリートとして物珍しがられているだけで、ビジネスの相手として見られていないということではないか。その上、社業に専念し始めてから二年足らずで解雇だなんて、まるでアスリートでなくなった謙介の存在を全否定しているようなものだ。

「会社を辞めてからは……バイトで居酒屋とかラーメン屋を渡り歩いてた。夜遅い時間からの勤務だからコーチの仕事がしやすいって。実家暮らしだから、そこまで生活が苦しいわけでもないって言ってたけど、あいつの親御さんからは『うちの子はもうすぐ三十なのにバイト生活で大丈夫でしょうか』って相談されたこともある。うちの学校で、クライミング部のコーチとして雇ってやれたらよかったんだけどな。俺もいろいろと手を尽くしたんだが、押し通せなかった」

時期的に、岳が高校で謙介の指導を受けている頃だろう。彼はあくまで部活のコーチであり、本業が何だとか、仕事が上手くいってるのかどうかなんて、考えたことすらなかった。

「謙介ももう大人なんだからと思って俺は一歩引いてたんだけど、もうちょっと口うるさく言ってやった方がよかったのかもしれない」

小さく溜め息をついた島本の目線が、岳の背後に向いた。振り返らなくても何を見ているのかわかる。岳の後ろの棚には、クライミング部が大会で手に入れたトロフィーや賞状が飾られているのだ。

島本の視線の先には、きっと謙介の名前が入ったトロフィーがある。

「でも、謙介さん、まだ若かったんだし、その気になれば仕事だって見つかったんじゃないんですか？」

若くて健康で体力もあって、人当たりだってよかった。性格に難があったわけでもないと、岳が一番わかっている。たまたま、引退後の仕事が、職場が、彼に合わなかっただけに違いないのだ。

なのに、どうして。

「謙介も自分で薄々わかってたんだろうけど、あいつはクライミング以外に一生懸命になれるものを、なかなか見つけられなかったんだよ。岳が高二のとき、あいつ、バイトしてた居酒屋から社員になるかって声かけられたのに、結局うやむやに流されたことがあってな。なのにあいつ、『コーチの仕事が楽しいから別にいい』なんて言ってへらへらしてた」

「へらへら、ですか」

「アスリートのセカンドキャリアは、まず、選手である自分が終わるっていう喪失感を乗り越えるところから始まるんだが、謙介はそれに時間がかかった……いや、抜け出せていなかったのかもしれん」

「しかも、怪我で引退でしたもんね」

「本人はまだまだ……それこそ三十くらいまではやるつもりだっただろうからな。せっかくクライミングがオリンピック種目になったんだ、日本代表として出場したかっただろうに」

自分は自分の意志で競技を辞めたけれど、続ける意志があって、それが怪我で潰《つい》えてしまったら、どうなっていたのだろう。果たして大学で登山部に入っただろうか。

「岳、お前、俺以外にも誰かに謙介のことを聞きにいくのか？」

こちらに視線を戻した島本が、ほんの少し、声のトーンを落として聞いてくる。無意識に姿勢を正していた。

「謙介さんが自殺したんだとしたら……背中を押したものや人の中に、間違いなく俺がいるんです。もし、本当にそうなら、俺は事実を直視する責任があるというか……」

「やめとけ。クライミングを辞めたことと、謙介と揉《も》めたこと、お前が申し訳なく思ってるのはわかる。あいつは別にお前のこと恨んだりしてないよ。そういう奴じゃない。それは俺が嫌ってほどわかってる」

島本は、岳と謙介が口論になったことをよく知っている。何せ、仲裁に入ったのが彼なのだから。岳に対し「言いすぎだ、頭冷やせ」と声を凄《すご》ませ、謙介のことを「本人が悩んで決断したことを尊重してやれ」と諫《いさ》めた。

あのとき、ふて腐れたまま「すみませんでした」としか謝れなかった自分を、今からでも殴りにいきたい。

「謙介が落ちる瞬間を目撃した人がいないんだ。事故か自殺かなんて、素人がいくら調べても、結論なんて出ないぞ」

「でも、島本先生……謙介さんが宝剣岳《ほうけんだけ》で滑落した日、あの人から俺に電話があったんですよ」

無言電話だったこと。謙介が宝剣岳で岳に何かを伝えようとして、直後に滑落したこと。かいつまんで伝えると、島本は眉を八の字にして、小さく小さく溜《た》め息をついた。

「なら、そりゃあ、知りたいよな」

「はい、知りたいです」

頷《うなず》くと、腹の底に重い杭《くい》を打ちこまれたような痛みが走った。知りたい。結論なんて出ないとしても、ほんの一欠片の可能性に縋《すが》りたいと思うほどに。

小さく「そうか」と呟《つぶや》いた島本は、しばらく何も返してこなかった。でも、強張っていた頬から少しずつ力が抜けていき、もう一度「そうか」と言って立ち上がった。

「うちのＯＢで、たまに差し入れしてくれてた森戸《もりと》ってのがいただろ。謙介と同じ学年で、親しかったはずだ。勝手に連絡先を教えるわけにはいかないけど、岳のを伝えておいてやるから、連絡があったら会ってみろ」

俺の知らない謙介を知ってると思うぞ、という島本の言葉に、岳はもう一度頷いた。

「流石に謙介の親御さんのところに行くのはもう少し待ってやれと思うが、あの日、謙介が岳に連絡を取ってたなら、森戸もお前から話を聞きたいと思うんじゃないか」

島本に続いて、部室を出た。運動部の部室が集まった棟を抜け、四階建ての教室棟に向かう。建物中央部分の吹き抜け、スポーツクライミング用の人工壁がそびえ立っている。クライミング部の創設時、この設備を整える予算を学校側から奪い取ったのは島本らしい。「あの頃は景気がよかったんだ」と岳が高校生の頃によくこぼしていた。

濃紺のＴシャツを着た男が一人、ウォールを登っていた。一瞬視線を迷わせたかと思うと、ホールドを摑《つか》み損ね、足を踏み外す。ルートの選択を誤って、無理のあるコースに入ってしまったらしい。

普段は飄々《ひょうひょう》と登山道を歩く男は、「ぎゃあああ！」と盛大な悲鳴を上げて落下した。高さは、三階の廊下より少し低いくらいだから――七メートルくらいか。命綱が軋み、ガクンと音を立てるようにして、穂高《ほだか》の体が空中で静止する。

「うわあ、マジで死ぬかと思った……」

彼が身につけたハーネスはロープと繋がり、ウォールの途中にある金属製の支点にきちんと引っかかっていた。クライマーが落下してもマットに叩《たた》きつけられないよう、地上にいた部員がビレイヤー――安全確保をする役目としてしっかりロープを摑んでいる。「ゆっくり降りてくださーい」とビレイヤーに言われるがまま、穂高は静かにマットに降り立った。

「どうでした？」

マットに歩み寄り、息を切らした穂高に投げかける。岳の母校まで一緒に来たものの、島本とは二人で話したほうがいいだろうと、彼はクライミング部の部員を捕まえてリードクライミングを体験させてもらっていたのだ。こちらがメインイベントなのではないかと問い詰めたくなるくらい、意気揚々と部員からシューズを借りていた。

「最初はすいすい行けるって思ったんだけど、途中からいきなり難しくなった」

「ルート選択をミスったんですね。難易度の高いところに入っちゃったんですよ」

ホールドが描く道筋を順繰りに指さし、「登る前のオブザベが大事なんです」とルートを示してやる。それを目で追った穂高は、「へえ」と笑ってTシャツの袖を肩まで捲《まく》った。

肩口の火傷痕が、一瞬だけ、見える。

「もう一回やっていい？」

ビレイヤーをしていた部員に断りを入れて、穂高はチョークボール――粉末チョークを入れた布袋を掌に擦《こす》りつける。白くなった指先を胸の前で祈るように組み、ウォールを見上げた。

「穂高さん、登山してるときも岩場をすいすい登ってくじゃないですか。外岩の方が難しいんですから、あの感じで登ればいいんですよ」

外岩――いわゆる自然の岩場は、人工壁とは違う。人間が手足で登るのを想定した形をしていないし、摑んだとき、体重をかけたときに割れたり崩れたりする可能性もある。何より、落ちたら怪我をするという恐怖感が、人工壁とは段違いだ。初めて筑波山で岩場を登ったとき、岳も身に染みた。

「あんなの、他人が登った痕跡を追いかけてるだけだよ。危ないところはガイドしてくれるロープや鎖が設置されてるしさ」

買い被るなと言いたげに笑って、穂高はホールドの感触を確かめるようにしながらウォールを登っていった。

登山経験が豊富なおかげで、手足の四点をホールドに置いてからいずれか一点を動かす三点支持の動きが、自然とできている。登ってはウォールにある支点にロープを引っかけ、登り、引っかけ、と器用にクリアしていく。離れたところでそれを眺めていた島本が「おー、上手い上手い」と笑ったのが聞こえた。

先ほど落下した高さを、穂高が悠々とクリアしていく。岳のアドバイス通りのコースを辿《たど》り、するすると登っていく彼の姿が、少しずつ小さくなっていく。

その様に何故か、自分が課題をクリアしたような気分になる。

およそ三年前、謙介もこんな気持ちで、部活見学に来た岳を見ていたのだろうか——なんてことを、ふと考えてしまう。

随分高いところまで行った穂高が、自分の力量でこれ以上はきついと思ったのか、ゆっくりとウォールを降りてくる。安全に下る体力があるうちにそういう判断をするところが、登山部の部長なのだよなと改めて思った。

「穂高さん、やっぱり上手いですよ。練習したらいい線行くんじゃないんですか？」

ハーネスを外した穂高は肩で息をしていた。右手を左右に振って、「無理だって」と顔を顰《しか》める。

「完登まであと何メートルあるんだよ」

「穂高さん、コンビニ行く感覚で一〇〇〇m超えの山を登ってるじゃないですか」

「登山とはやっぱり全然違うよ」

彼はそのままさり気なく声のトーンを落とし、「話、できた？」と聞いてきた。岳が小さく頷くと、ビレイヤーをしていた部員にハーネスとシューズを返却し、丁重に礼を言って頭を下げた。

「いい先輩がいるみたいだな」

校舎を出るとき、見送りに来てくれた島本にそう言われた。「そうですね、いい先輩ですよ」とは、本人がすぐ近くにいる手前、口にはできなかった。

「岳の後輩達も、『コーチが自殺なんて信じられない』って言ってたよ」

学校の敷地を出たところで、穂高がおもむろに口を開いた。

「やっぱり、部員に話を聞いてたんですね」

「さり気なくだよ？　クライミングのレクチャーをしてもらいながら、さり気なーく聞いてみたの。みんな、いつも熱心で楽しそうに指導してくれる人だったから、自殺なんてするわけないって言ってた」

指導を受ける部員からしたら、そうとしか思えないだろう。岳だって、高校生だったら同じように考えたはずだ。

「格好悪いところなんて、はっきり見えないですもんね」

駅に向かいながら、島本から聞いた話を聞かせた。クライミング部の部員達よりは一歩も二歩も深いところを見つめていた島本の話に、穂高はわずかに眉間に皺《しわ》を寄せた。

「大変だな、アスリートっていうのも」

「スポーツクライミングに限らず、どんなスポーツでも選手として活躍できる年齢には限界がありますからね。現役のときは競技に熱中してて、引退後のことなんてちゃんと考えられなくて、いざ引退してからセカンドキャリアが上手く行かない、なんて話は結構聞きますし」

選手引退後に路頭に迷い、貧困に陥り、挙げ句の果てに犯罪に手を染める。現役時代に活躍してそれなりの資産を持っていたものの、引退後にそれを狙ったよからぬ連中のビジネスの餌になってしまう、なんて話もある。アスリートでなくなった自分の未来を悲観して自殺——そんな悲劇だってある。「そういうこともある」程度だったものが、謙介の死後、岳の中で存在感を増し始めた。

「謙介さんは、いわゆる志半ばでの引退ってやつだったんで、引退そのもののダメージも大きかっただろうし」

話しながら、これではまるで謙介が自殺したと決めつけているみたいではないかと、慌てて頭を振った。その程度では胸の奥の靄《もや》は晴れなかった。

「そういえば、クライミング部の部員が教えてくれたんだけど、これ知ってた？」

穂高が自分のスマホを見せてくる。動画サイトのロゴマークの下で、ウォールを登る謙介の動画が再生されていた。動画投稿者のアカウント名は「Kensuke.T」——謙介本人だった。

こうして当たり前にクライミングをしていた彼がもうこの世にいないなんて、悪い冗談みたいだ。

「……謙介さん、クライミングの解説動画なんて作ってたんですか」

どこかのボルダリングジムで撮影された動画だった。一次停止して動画のタイトルを確認すると、「初心者でもすぐできる、スポーツクライミングのテクニック解説」ということだった。謙介が一人黙々とウォールを登る映像が数秒続いたと思ったら、マットに降りてきた彼が、今のムーブの説明を始める。

口頭での解説と、謙介自身の実演を交えた短い動画が、謙介のチャンネルには何本も投稿されていた。

「動画自体は説明がわかりやすいから、クライミング部の子達は自主練のときに結構参考してたみたい」

「それでこの再生回数ってことは、視聴者はほとんど知り合いってことですよね」

編集らしい編集はほとんどなく、字幕なども入っていない。初心者向けにかなりわかりやすく実用的な解説をしているのに、映像としてのクオリティは正直いって、低い。再生回数もチャンネル登録数も四桁に届いていないし、コメント欄も閑散としていた。

クライミング以外に一生懸命になれるものを、なかなか見つけられなかった。島本の言葉を思い出し、岳は奥歯に力を込めた。

選手としてクライミングを続けられなくなった時点で、この人の人生は半分閉じてしまったのではないか。

いや、閉じないように足掻《あが》いたのに、実らなかった。そういうことなのだろうか。

動画の再生が終わる。謙介の他の動画がレコメンドされる。再生ボタンを押すことなく、岳はスマホの画面を睨《にら》みつけていた。

「岳——」

スマホを取り上げた穂高が、首を傾《かし》げるようにして微笑む。何をどう気遣われたのかは、考えないようにした。

「せっかくの地元なんだから実家に寄って帰ったら？」

岳の実家は高校から電車とバスを乗り継いで三十分ほどのところにあり、ここまで来たなら顔を出してもいい距離だ。

花見川総合高校は千葉の海沿いのニュータウンにある。駅を中心に、多国籍企業や外資系企業の入ったオフィスビルやショッピングセンターやホテルが建ち並び、少し離れたところにはプロ野球チームのホームスタジアムや、国際見本市が開催される巨大な展示場もある。一九七〇年代から開発が進められた街並みは人工的で整然としていて、あまり地元という気分がしない。

「謙介さんの葬式のときに顔出したんで、今日はいいです。いつでも来られるし」

「いつでも来られるうちに帰っておいた方がいいんじゃないの、ってことだよ」

言外に匂わされたものは、不思議と敏感に察知できた。

「そうですね」と頷こうとした瞬間、穂高の背後——淡い茜色《あかねいろ》に染まりだした上空を、飛行機が横切っていくのが見えた。東京湾を挟んで羽田空港と向かう合うこのあたりは昔から、離着陸する飛行機がよく見えた。

結局、穂高に促されるようにして実家に帰ることにした。駅の改札を抜けたところで彼と別れ、スマホから母に「今から帰る」とメッセージを送る。「いきなりだなあ、もう」という返事のすぐあとに、「ご飯多めに炊いておくから、気をつけて帰っておいで」と届いた。

急な帰省だった割に、夕飯は岳の好物のカレーだった。ニンジンとジャガイモの入っていない、鶏肉と玉ねぎで作るカレーだ。

＊

落ち合おうと指定されたのは、渋谷《しぶや》駅から歩いてすぐの喫茶店だった。午後六時を回った店内は混んでいて、落ち着いた雰囲気の内装に反してがやがやと賑《にぎ》やかだった。

待ち合わせ相手から約束の時間に二十分ほど遅れると連絡が入り、スマホで謙介の投稿していた動画を見始めてしまったのがいけなかった。五分、十分ほどの動画を古いものから順々に再生していると、彼がまだ生きているような気がしてしまう。

手元の結露したアイスコーヒーのグラスの中で、氷がカランと音を立てた。

動画の投稿が始まったのは、去年の秋頃。岳がクライミング部を引退して受験勉強に専念し始めた時期だ。

毎週のように新しい動画が投稿されている。基本のムーブから難易度の高いものまでさまざまだが、共通しているのは、謙介が楽しそうにしていることだった。にこにことクライミングのテクニックについて解説する彼は、三年前に初めて出会った頃を思い出たせる。ウォールを登る姿からは、現役時代の猛禽《もうきん》類のような凄みが滲《にじ》み出ていた。彼の表情が映っていないのが、ただただ残念だった。

彼の動画は、半月ほど前の投稿を最後に途切れる。最後の投稿から三日後、謙介は宝剣岳で滑落して亡くなった。

「謙介の動画見てたんだ」

背後から突然声をかけられ、ハッと顔を上げる。待ち合わせ相手が岳のスマホを覗き込んでいた。

「頑張ってたのになあ、謙介」

向かいの席に腰掛けた森戸は、煩わしそうにネクタイを緩めた。紺色のスーツは皺もなく綺麗なのだが、全体が疲れたように色が曇って見えた。

お冷やを運んできた店員にアイスコーヒーを頼んだ森戸は、「見せて」と岳のスマホを指さした。狭いテーブルの真ん中にスマホを置き、謙介の最後の動画を再生する。

アイスコーヒーが運ばれてくるまで、二人で黙ってウォールを登る謙介を眺めていた。森戸の手元にグラスを置いた店員が去った瞬間、彼は大きく鼻を啜《すす》って、一度だけ天井を仰いだ。

「今日は突然すいませんでした」

咄嗟《とっさ》に謝罪した岳に、森戸は「俺も、筑波《つくば》君と話したかったから」と首を横に振る。

「謙介の話が聞きたいんでしょ？　あいつがもしかしたら自殺したんじゃないか、って」

身を乗り出してテーブルに両肘をついた森戸に、ゆっくり頷く。

「俺は事故だって思ってるよ。高校のときから長い付き合いなんだ、あいつが山で崖から飛び降りなんて、自殺なんて、外野が何と言おうと、有り得ないよ」

森戸の声にはわずかに怒りが滲んでいた。こんな話を聞きに来た岳に対する憤りもしかと感じられた。

「これ見て」

森戸がスーツのポケットからスマホを出して、岳に見せてくる。ＳＮＳの画面だった。表示されているアカウントの名前は、「Kensuke TAKARADA」だ。

「謙介さん、ＳＮＳも結構頻繁にやってたんですね」

森戸に断りを入れ、画面をスクロールした。投稿した動画の告知がメインだが、日常の呟きもちょくちょくある。

「俺等も成人してるとはいえまだ三十だからさ、ＳＮＳで弱音とか将来の不安とかを吐き出すことだってあるの。それをまるで、コレが自殺の原因に違いないとか、コレは遺書みたいなものなのかもって勝手に妄想して、勝手に人を自殺させるなって話だよ」

森戸の言う通り、謙介の日々の呟きの中には、時として弱音も混ざっていた。

〈好きなことを仕事にできてるのは幸せだけど、もちろんときどき将来の不安は感じる〉

〈今は実質親の脛《すね》を囓《かじ》っている状態なので、せめて親に心配をかけないようにせねばと思っている！〉

〈結局、俺はクライミング以外のところで息ができない生き物だからな！〉


　ときどき文末を飾る「！」のマークが、堪《たま》らなく痛々しく思えてしまう。

「クライミング以外のところは息ができない、ですか」

「字面だけ見ると深刻に捉えるかもしれないけど、そんなの、友達と飲んでるときにあいつがよく言ってた自虐のギャグみたいなもんなんだよ。野球児だった奴が『俺、野球しか能がないから』とか、勉強しかしてこなかった奴が『勉強一筋のつまんない人間なんだ』って言うのと同じだよ」

　そう話すの森戸は、何故か息がしづらそうだった。謙介が死んでから、この人は周囲の人間にこの話を何度したのだろう。その裏で、何を考えていたのだろう。

「俺は、クライミング部を引退してから半年以上、謙介さんとは顔を合わせてなかったんですけど、森戸さんはしょっちゅう会ってたんですか？」

「謙介が現役引退してからは月に一回、忙しい時期でも三ヶ月に一回くらいは飲んでたよ。最近は俺が忙しくてご無沙汰だったけど、事故の一週間前に会ってるし」

「そのとき、謙介さんは……」

「謙介のご両親にも同じことを聞かれたけど、変なことなんて何も言ってなかったよ。いつも通り馬鹿な話をして、仕事の愚痴を言い合って、俺が転職を考えてるんだけどとか、今付き合ってる人と結婚するかもとか、そんな話をして、あいつがいつも通り『そろそろバイト生活ってのもまずいよなあ』って言って。来週、気晴らしに登山にでも行こうと思うって謙介が言うから、急にどうしたんだろうと思いつつ土産を要求した」

　突然飛び出た「登山」という言葉に、思わず身を乗り出す。

「謙介さん、宝剣岳に行くって言ってたんですかっ？」

「言ってた言ってた。自分と名前が似てるから興味が湧いたって」

　そこで言葉を切った森戸は、「ああ」と漏らして再びスマホを手にした。

「飲んだ次の日に、謙介が『こんな感じで山登りしてくる』って、登山計画書っていうの？　あれを見せてくれたよ」

　ほら、と差し出されたスマホに、岳は飛びついた。気圧《けお》された森戸が目を瞠《みは》ったが、構わず表示されたメッセージアプリのトーク画面を凝視した。

そこには確かに登山計画が書かれていた。中岳《なかだけ》を経由して木曽《きそ》駒ヶ《こまが》岳《たけ》の山頂へ登り、その後、宝剣岳へ。謙介の死後に宝剣岳の地図を散々見たから、ぼんやりと彼がどんなルートを辿ったのか想像できる。

「すいません、これ、送っていただいてもいいですか？」

森戸は目の前で岳のスマホに謙介の登山計画書をメールで送ってくれた。これが何になるのか、もらった岳にも見当がつかなかった。ただ、この登山計画書が何かを教えてくれるのではないかという期待……というより、願望だけがあった。

森戸のアイスコーヒーの氷が溶けきるまで、謙介の思い出話をした。楽しかったものも、そうでなかったことも。最近のことも昔のことも、森戸は淡々と話してくれた。謙介が怪我でクライミング選手を引退したときに、友人五人と北海道を一周する旅に出た話をしているとき、彼は二度ほど声を詰まらせた。

森戸の口から語られる謙介は、とても自ら命を絶つようには思えなくて、そこには彼の願いが透けていた。岳自身、森戸のジャッジに縋ってしまいたくなった。

でも、高校時代からずっと付き合いのある友人がとっくに社会人になって、当たり前に転職や結婚を考えているのを間近で見た彼がどんなことを考えていたのか、岳には量りかねた。考えるのが怖いと思ってしまった。

七時過ぎに店を出て、森戸と渋谷駅まで歩いた。道玄坂《どうげんざか》を下り、スクランブル交差点の信号で立ち止まったとき、森戸は「そういえば」と口を開いた。

「去年の秋頃に会ったとき、『こいつは絶対にいいところまで行けると思ってた子が、クライミングを辞めるんだ』って、えらい落ち込んでたことがあったよ」

あれは君のことだろ？　と森戸が岳を見る。信号が青になり、周囲にいた人々が一斉に歩き出す。

押し出されるように、岳と森戸も交差点を渡った。

「謙介なりに、君には思い入れもあったんじゃないかな。『俺がクライミング部に引き込んだ』って言ってたし、競技を辞めるって打ち明けられて、ついカッとなって口論になっちゃったって自己嫌悪してたから」

「謙介さんは、他に、何か言ってましたか？」

投げかけた問いが思いのほか、か細くて驚いた。けれど、森戸ははっきり答えた。

「『俺がもう少しちゃんとした大人をやれてたら、クライミングを続けてくれたかもしれない』って苦笑いしてたけど」

森戸の口調は、決して岳を非難しているわけではなかった。そう聞こえてしまうのは受け取る俺の問題だと、岳は拳を握り込んだ。

「最後に会ったとき、俺が何か言ってやってれば、違ったのかな」

ぽつりと呟いた森戸に、岳は何も返さなかった。森戸はすぐに「いや、あいつは事故で死んだんだよ」と語気を強めた。

改札の前で森戸と別れ、ＪＲ山手線の車内で、穂高に「今から会えませんか」とメッセージを送った。返事はすぐに来て、彼の家がある荻窪《おぎくぼ》の駅前で待ち合わせることになった。

この人、荻窪に住んでたんだな、と今更ながら思った。

荻窪駅の北口に穂高はいた。右手に牛乳パックが入ったスーパーのレジ袋をぶら下げていて、岳を見つけると「うち、歩いてすぐだから」と歩き出した。

「謙介さんの友達だって人に、話聞けたんでしょ？」

駅前の大きなロータリーを抜け、住宅街を歩きながら穂高が聞いてくる。

「謙介さんが亡くなる一週間前にも飲んだらしいですけど、自殺するような素振りは見せなかったって」

「この前会ったっていうクライミングジムの店長と一緒か」

「そうですね。むしろ、俺が自殺を疑ってるのにご立腹な様子だったんで」

謙介がクライミングの動画を撮っていたジムは、島本に聞いたらすぐにわかった。花見川総合高校から電車で数駅のところだったから、実家に顔を出した翌日、試しに訪ねてみた。話を聞かせてくれたジムの店長は、謙介の葬儀でも見かけた顔だった。

新しいことを始めたいから閉店後に撮影をさせてくれ、と謙介が頼んできたのを快くＯＫしたというジムの店長は、彼を大学生の頃から知っていると言った。『まさか事故で死んじゃうなんて』と、端《はな》から自殺だなんて思ってもいないという様子で話してくれた。

『同級生がみんなしっかり社会人やってるから、自分も何かやらないと、って言って動画投稿も始めたのに』

そう言っていた店長に、むしろそうやって始めた動画投稿が彼の首を絞めてしまったのではないか、と考えてしまう。

「謙介さんは、付き合ってる人はいなかったんでしょ？」

少し前を行く穂高の声に、岳は我に返った。

「森戸さんはそう言ってました」

自嘲しながら『三十でフリーターじゃ、まず誰も付き合わないよ』とよく愚痴っていた。先ほど、謙介の思い出話をしながら森戸はそう話してくれた。

暗くなった空を仰ぎ見て、穂高が小さく唸る。

「となると、あと話を聞けそうなのは、今日岳が話を聞きに行った森戸さんとは違う友達、バイト先の同僚や店長、会社員時代の同僚、現役時代のコーチとか選手仲間とか、いろいろと当てはあるかもしれないけど、この調子で何かがわかるもんなのかね」

「水瀬さんも、あくまでフィクションの場合は、って言ってましたもんね」

ビンゴゲームのように必要な情報を集めていったら真相が掴めるなんて、そんな都合のいいことは、どうやら現実では起こらないらしい。

結論なんて出ない。

そう言った島本の言葉は、時間がたつにつれてじわじわと染み入ってくる。

「着いたよ」

立ち止まった穂高に、岳はゆっくりと顔を上げた。彼が指さした先にある二階建ての大きな一軒家を見上げて、「え、でかっ」と思わず声に出してしまう。

「え、穂高さん、金持ちだったんですか」

駅から距離のある閑静な住宅街の一角に、周囲から浮いた洋風の古い家があった。白壁に、屋根と窓枠が深いグリーンというたたずまいが、明らかに周囲の一軒家やアパートから浮いている。

両隣は敷地の際まで満ち満ちに家を建てているのに、彼の家だけが広々とした土地に悠々と居を構え、オレンジ色の外灯に照らされた庭にはオリーブと柊《ひいらぎ》の木が茂っていた。ガレージにはレトロなデザインのパイクカーが一台停《と》まっている。

「大袈裟だよ。むかーしから代々ここに住んでるってだけ」

軋んだ音を立てて、穂高が門扉を開ける。玄関までは石畳になっていた。庭は外から見るよりも広く立派で、洋風画のモチーフになりそうだった。

明かりの灯《とも》ったポーチを抜けて、玄関に通される。靴を脱いで上がるタイプの家で、何故か安心した。

「ただいま」

そう言った穂高の声が、家中に響いて聞こえた。二階建ての立派な家だが、人の気配が限りなく薄い。

つやつやの床板が張られた廊下を進むと、穂高がリビングに向かって「後輩連れて来たから」と声を掛ける。屋根と同じ色のソファに座って、白髪の老人がテレビを見ていた。

「珍しいこともあるもんだ」

振り返った老人が岳を見て言う。背もそこまで高くなく、細い体をしているのに、冬枯れした巨木のような存在感があった。クリーム色のカッターシャツの胸元には、青いループタイがある。

「祖父です」

穂高が老人を掌で指す。「祖父です」と白髪の老人が会釈する。真っ白だが決して薄くはない髪がそれに合わせて揺れた。その顔がびっくりするほど穂高そっくりで、六十年後くらいには彼はこういう老人になっているのだろうなと思った。

「登山部の後輩の筑波君です」

穂高に紹介され、慌てて「夜分にすみません、お邪魔します」と頭を下げる。「僕のことは気にしないで、ゆっくりしておいき」と手を振られた。

「二階上がってて」

階段を指さした穂高は、レジ袋を右手にぶら下げたまま廊下を進んで行く。家の奥には台所が見えた。言われるがまま階段を上がろうとして、洋風の家には似合わない和室が階段の横にあるのに気づいた。開け放たれた襖《ふすま》の先は、い草の香りと相まってそこだけが別世界のようだった。

部屋の中に小さな仏壇があるのに気づいてしまったから、余計にそう思うのだろうか。

冷蔵庫を開け閉めする音が聞こえて、岳は静かに、でも素早く階段を上がった。二階には部屋が三つあったが、穂高の部屋はすぐにわかった。

ドアの横に、テント道具が一式置いてある。

「……確かに、穂高さんの部屋だな、これは」

ドアを開けた瞬間、堪らず噴き出してしまった。天井からはランタンの形をした照明がぶら下がっていて、淡い暖色の光に照らされた八畳ほどの洋室は、至るところに登山道具が置かれていた。

いつも彼が背負っているザックが部屋の隅にあり、壁にはレインウエアや帽子が掛かっている。作り付けの棚にはタイトルに「山」の字が入った本が目立ち、一番下の段にはトレッキングポールとヘッドライトが置いてあった。折りたたまれた青い袋は、寝袋だろう。彼がよくクラブハウス棟の屋根で使っているガスバーナーとクッカー、シェラカップもあった。

「なんで入り口で突っ立ってるの」

ステンレスのケトルとカップを手にした穂高が階段を上がってくる。どう見てもアウトドア用のケトルの注ぎ口からは、細く湯気が上がっていた。

「穂高さんの部屋だなあと思って」

部屋の奥、上げ下げ窓の下には木製ベッドがあった。この人、ちゃんとベッドで寝るんだなと思った。

「寝袋で寝てるとでも思った？」

思っていたことが顔に出ていたのだろうか。穂高が笑いながら部屋に入っていく。促されるまま、部屋の中央にある足の短いテーブルの前に腰を下ろした。床には薄いけれど手触りのいいラグが敷いてある。

　ケトルの中身はコーヒーだった。「インスタントだけど」と断って、穂高がコーヒーを注いだカップを岳の前に置く。

「これからどうする？」

　自分のカップを両手で包むように持って、穂高が聞いてくる。「手当たり次第、しらみつぶしに聞いて回るなら、付き合うけど」と。視線はコーヒーに向いたままだ。

「穂高さんに見てほしいものがあるんです」

　スマホを出して、森戸に送ってもらった謙介の登山計画書を見せた。見せてから、これならメールなりトークアプリなりで送ればそれで済むことだったなと気づいてしまった。けれど、穂高はそんなこと気にする素振りすら見せず、スマホの小さな画面に表示された登山計画に見入っていた。

「そうか、宝剣岳だけじゃなくて、木曽駒ヶ岳にも一緒に登ってたのか。ロープウェイで千《せん》畳敷《じょうじき》駅まで行って、午前九時に登山スタート。千畳敷カールから乗越浄土《のっこしじょうど》、山荘で休憩を挟みながら中岳、午前十時半には木曽駒ヶ岳の山頂に着いて、折り返して宝剣岳、そのまま千畳敷カールに戻るつもりだったんだ」

「この登山計画って、無理があるわけじゃないんですよね？　それが原因で事故が起こったとか」

「いや、日帰りならめちゃくちゃ王道だと思う。先に宝剣岳に登るか、帰りに登るかってくらいの違いだね」

背後にある本棚から、穂高が中央アルプスの登山ガイドを取り出してきた。宝剣岳と木曽駒ヶ岳の地図を、岳の前に広げる。日本アルプスの中央、木曽山脈のほぼ真ん中に、木曽駒ヶ岳が鎮座していた。

「岳に電話が来たのが昼の十二時半くらいだったわけだから、朝の九時に千畳敷駅から歩き始めて、登山計画通り宝剣岳まで辿り着いたってことになる」

ただ——。

地図を人差し指でなぞりながら、普段の彼からは想像もつかない重々しい口調で、こう言った。

「無理があったのだとすれば、それは宝剣岳に登ろうとしたことかもしれないね」

穂高の指が宝剣岳の文字の上で止まる。指先が微《かす》かに震えて見えた。

「宝剣岳は急な岩場や鎖場が続く岩峰だ。毎年のように滑落事故が起きてる。登山経験のない初心者が一人で登るのは危険だ。クライミングの選手なら、三点支持とか岩場を登るための知識は身についてるだろうけど、俺だったら止めると思う」

穂高が岳を見る。初めて会ったときと変わらぬ鹿に似た澄んだ目をしているのに、眼差しが鋭い。入れ替わるように、岳は地図に書かれた宝剣岳の文字を睨みつけた。

「なあ岳、登山が趣味ってわけでもない謙介さんは、どこで宝剣岳を知ったんだと思う？」

数拍置いてから、首を横に振った。幽霊でいいからこの場に現れてくれないだろうか。身勝手にそんなことを思った。

「この間、岳の後輩が教えてくれたクライミングの解説動画、全部見たんだ」

言いながら、穂高がスマホを差し出してくる。準備していたかのように、とある動画が表示されていた。謙介が投稿した動画の中では再生回数が比較的多いものだった。

「この動画のコメント欄に、ちょっと気になるものがあった」

穂高の長い指が画面をスクロールしていく。今年のゴールデンウィークの頃に、一件のコメントが投稿されていた。

〈いつも楽しく動画を見ています。ところで、宝田さんは本物の山には登らないんですか？〉

これに対し、謙介は丁寧に〈外岩はたまに登りますが、登山はほとんど経験がありません〉と返していた。

そこに、コメント主が更に返信をしている。

〈そういえば、中央アルプスに宝剣岳という宝田さんみたいな名前の山がありますね！〉

このコメントに、謙介が「いいね」をしていた。コメントの横についた赤いハートマークを見ているうちに、目の奥が鈍く痛んできた。

「これを見て、謙介さんは宝剣岳に登ろうと思ったんでしょうか」

「その可能性は高いと思う」

実は密《ひそ》かに登山に興味があって、宝剣岳をどこかで知った。他の誰かに「お前と似た名前の山があるぞ」と聞いたことがあった。そういう可能性もある。

仮にそうだったとしても、このコメントもきっと、謙介の背中を押したに違いない。謙介を宝剣岳へ導いた要素の一つが、この短いコメントだ。

「興味が湧いたんですかね、宝剣岳に。元クライミング選手だし、行けるって思ったのかも」

「外岩を登った経験があるなら、完全な初心者ではないからね。でも、経験者だとしても、滑落するときはする」

「あくまで滑落事故なら、ですよね」

このコメントが、死に場所の候補を謙介に与えてしまった——岳の頭は、勝手にそう結論づけてしまう。違う、とどれだけ抵抗しても、色褪《いろあ》せることも薄れることもない。

「謙介さん、ＳＮＳで『クライミング以外のところで息ができない』って言ってたんですよ」

アスリートとして所属した企業からは解雇され、バイトを転々としながら母校でコーチをして、バイト先での社員登用の話はうやむやにされ、同級生は社会人としてどんどん先に進んでいく。両親には今後の心配ばかりされる。

そして、特別気にかけていた教え子には、「貴方みたいになりたくない」と暴言を吐かれた。

「岳——」

低い声で名前を呼ばれた。

「そういう風にしか思えなくなってるなら、もうこれ以上はやめた方がいいよ」

「やめないですよ」

許されない、と思った。自分は彼に酷《ひど》いことをした。言ってはいけないことを言った。どんな顔をして考えるのをやめろというのだ。

それ以上喋《しゃべ》れなくなった。いつの間に正座をしたのか、膝に両手をやって、岳は押し黙った。穂高も何も言わず、背後の本棚に寄りかかってコーヒーを飲んでいた。

時計の音が聞こえた。この部屋にアナログの置き時計があったことに、今更ながら気づいた。

メノウのような色合いの古い時計が、棚の隅で時を刻む。黙っていても否応《いやおう》なく刻む。岳が立ち止まっていようと、前に進もうとして足掻いていようと、勝手に時間は過ぎていく。

いっぱいいっぱいいっぱいだった。自分の体が、一ミリの隙間もなく、情報と思い出と後悔と懺悔で満ち満ちて、油断するとあふれ出るか、破裂しそうだった。

「穂高さん」

笑い出したくなるくらい小さな声で彼の名を呼んでしまった。

空になった自分のカップに再びコーヒーを注ぎながら、彼は「どうした」とこそばゆいくらい柔らかな返事をした。

「山に登りたいです」

「しばらくは嫌なんじゃないの？」

「人がいないところに行きたいです」

情報が、ノイズがない場所に行きたい。

一時でいい、この下界を離れて、何もない場所へ行きたい。

「わかった」

穂高が、ほとんど口をつけないまま冷めてしまった岳のコーヒーと、自分のカップを交換する。湯気の上がるコーヒーを見下ろし、岳はやっとのことで息を吐き出した。ずっと呼吸を忘れていたような気がした。

「冷めたコーヒーって、不味くないですか？」

「あんまり美味しくはないよね」

言いながら、穂高は冷え切ったコーヒーを呷《あお》った。薬でも口にするように、一気に飲み下してしまう。

「岳、夕飯まだ食べてないんじゃないの？」

そういえば、森戸と渋谷で会ったときも、アイスコーヒーしか口にしなかった。岳が答えるより早く、「夕飯のシチューが余ってるから、食べていきなよ」と穂高がケトルを片手に腰を上げた。

「風呂入って、今日は泊まりな。それで、明日の早朝に、山に登りに行こう」

シチュー、温めてきてあげるよ。そう言って部屋を出て行く彼の名を、もう一度呼んだ。礼を言おうと思ったのに、笑い声に言葉を奪われた。

「あ、ベッド使っていいよ。俺、寝袋で寝るのは得意だから」

*

穂高は本当に寝袋で寝た。他人のベッドは意外と落ち着かなくて、岳は零時過ぎまで寝付けなかった。でも、午前四時半に穂高に問答無用で叩き起こされ、「貸してあげる」と登山靴とウエアを渡された。

荻窪駅からJR中央線で立川《たちかわ》へ、立川から青梅《おうめ》線に乗り換えて、御嶽《みたけ》駅に着いたのが七時過ぎだった。

高尾山や川乗山に登ったときも思ったが、同じ東京でもこっちまで来ると駅の前に山がそびえ、移動時間よりもずっと遠くに来た気分になれる。

御岳山《みたけさん》と日《ひ》の出《で》山《やま》に登ろう、と穂高は言った。駅からバスで御岳山へ続くケーブルカー乗り場に向かったが、低い山だからとあえてケーブルカーには乗らず、徒歩で山頂の武蔵《むさし》御嶽《みたけ》神社を目指した。

なんてことない舗装された山道に思えたが、少し歩くと急坂に大杉が姿を現した。樹齢百年は軽く超えていそうな太く大きな杉の木が、曲がりくねった参道に沿って登山客を見下ろしている。

すっかり明るくなった空を、岳は歩きながら何度か見上げた。木々の枝葉に遮られた細く狭い空は、とても高かった。

ケーブルカーの駅を通り過ぎると、土産屋や飲食店が建ち並んでいた。そこを抜けると集落が広がり、登山客やハイキング客で賑わう参道は程よく活気があって、何より朝日が気持ちよかった。

太陽の光が気持ちいいという感覚が久々だった。途中で樹齢千年だという欅《けやき》の木を見た。穂高に借りた登山靴は、すっかり足に馴染《なじ》んでいた。

思っていたよりずっとあっさり武蔵御嶽神社に着いてしまって、登山と言うより、険しい参道を通ってお参りをした感覚だった。

「あれが日の出山だよ」

参拝を終えたところで、穂高が正面の山を指さした。御嶽駅を出てから、初めて口を利いた。

岳も穂高もそれ以上言葉を交わすことなく、来た道を戻り、先ほどの欅の木のあたりから日の出山に向かう別のルートに入った。

舗装されていた御岳山までの道とは異なり、周囲に広がっていた畑が森に姿を変えると、鳥居が見えてきた。なだらかで歩きやすかった土の道が、いつの間にか険しい登りに変わる。

山に飲み込まれて消えてしまいそうな石の階段を何段も上った。周辺の木々はどんどん鬱《うっ》蒼《そう》としていき、先ほどまで差していた朝日が感じられなくなっていく。

無言のまま、急勾配を登った。鍋割山《なべわりやま》に比べれば、たいした登りではない。

それでも、わかる。自分の体から一枚一枚、何かが落ちていく。余分なものが剝《は》がれ、抱えきれなかったものを道中に少しずつ降ろしていく。きっと、下山時に拾い集める羽目になる。

それでも、今この瞬間に体一つになれることを、この上なくありがたいと思った。

道が開けて、山小屋が姿を現した。山頂の匂いがする。澄んだ空気と風の気配がする。

山頂は目と鼻の先だった。穂高の「着いた」という声に顔を上げると、先ほどまでいた武蔵御嶽神社が向かい側に見えた。

「日の出山はさ、東側が開けてるから東京がよく見えるんだ。今日は運がいいよ。晴れてて空気も澄んでる」

標高九〇二ｍと書かれた杭を掌で撫《な》でながら、穂高が東を指さす。

彼の言葉の通り、遠くに都心の高層ビル群とスカイツリーが見えた。笑ってしまえるくらい小さくて、反対に空と雲は近かった。杉林の中で見上げた空とは大違いだ。御岳山からの眺めも綺麗《きれい》だったが、神社や土産物屋がないぶん、こちらの方が空が広く感じる。

「いい眺めですね」

写真でも映像でもなく、己の足で登って、自分で手に入れた景色だ。いい眺めだと思えることに安心した。山頂からの景色を美しいと思えるだけの自分が、まだ残っている。

日の出山の山頂は広々としていて日当たりがよく、しばらく二人でベンチに腰掛けて都心の景色を見ていた。浴びていた、という表現の方が近かった。梅雨入り前の初夏の空は表情の変化が緩やかで、景色はずっと色濃いままで、いつまでだって見ていられた。

「わかるなあ」

穂高がそんな風に呟いたのは、近くで初老の男性が都心のビル群に向かってカメラを構えたときだった。

「何がですか？」

「俺も、今この瞬間に突然、もう山登りはできないって言われたら、息できないもんな」

登ってみて、しみじみそう思ったよ。

噛《か》み締めるようにそう続けた彼に、何と言えばいいのかわからなかった。

あの人はずっと息ができなかったのだろうか。息ができないまま生きることに、嫌気が差してしまったのだろうか。

「岳はさ、何か俺に言いたいことがあるんじゃないの？」

ゆっくりと穂高の顔を見た。彼は昨日と同じ、鋭い眼差しをしていた。茶色を帯びた黒目に、ほのかに空の色が映り込んでいる。

その目を岳はじっと見ていた。一番に言いたいことを登山道の途中に置いてきてしまった気がして、限りなく空っぽな自分の中を拭うように、言葉をかき集めた。

「穂高さん、昔、山で命を救われたことがあるんですよね」

彼が遭難者を救護したときの感謝状と、そのときのニュース記事を見たと正直に話すと、穂高は目を丸くした。自分から「言いたいことがあるんじゃないの？」と聞いてきたのに、予想外だったのだろうか。

「記事には、去年の時点で穂高さんの登山歴が八年だって書いてあって、てっきり、穂高さんは子供の頃に遭難したことがあるのかなと思ったんです。でも、鍋割山で雨宿りしてるとき、穂高さん、はっきり『ないよ』って言ってたから」

うん、と穂高が短く相槌《あいづち》を打つ。打つだけで何も言わない。

「筑波山に登ったあと、一緒に温泉に入って、穂高さんの体に火傷の痕があるのを見て、勝手に、火傷がそれと関係あるのかなと思ったんです。山火事とか、車の転落事故とか、いろいろ考えて……穂高さんが飛行機に一人で乗れないって言ってたのを思い出して」

一人で乗ると、離陸前に気絶する。岳が入部したから、これで飛行機に乗らないと行けないような山にも登れる。冗談とも本気ともわからない飄々とした口振りで、彼はそう言った。あれも鍋割山だった。

「穂高さんは、飛行機事故に遭ったことがあるのかなと、思って」

罪を暴いているわけではないのに、どうして自分の声は震えてしまうのだろう。穂高が何も言わず岳の目を真っ直ぐ、ただただ真っ直ぐ、見ているからだろうか。

「答えたくなかったら、答えなくていいです。すいません」

「そうだよ」

岳の言葉尻に被せて、穂高は微笑んだ。反対に、岳の頬は強張った。

「旅客機じゃなくて、小型のプロペラ飛行機だった。俺が八歳のときだ。長野にうちの別荘があって、年に何回か家族でそこで過ごすことがあった。あの日は、両親と二歳年上の姉と四人で、南アルプスを縦断する遊覧飛行に連れて行ってもらった」

昨日、彼の家で見た日本アルプスの地図が、勝手に脳裏をよぎる。

長野、山梨、静岡に跨《また》がって連なる赤石《あかいし》山脈。三〇〇〇m級の山々がそびえるあの場所に――。

「落ちたんだ。エンジントラブルで、南アルプスの山中に」

そう言いながら、彼は羽織っていたウエアを脱いだ。Ｔシャツの袖を捲って、肩口の火傷痕を見せてくる。

「墜落した機体は炎上して、両親と姉は死んだ。俺は骨を三本折って大火傷したけど、生きてはいた」

彼の話し方があまりにいつも通りで、岳は堪らず穂高の肩口に手をやった。Ｔシャツの袖を降ろして、「ごめんなさい」と絞り出す。

穂高の家の和室にあった、小さな仏壇が瞼《まぶた》の裏に蘇《よみがえ》った。

「隠しておきたいなら、そもそも岳と温泉に入ったりするはずないだろ。だから、気にしなくていいんだよ」

肩を叩かれる。撫でるような静かな手つきだった。

「山は不思議だ。下界だと聞けないことや言えないことが、何故か聞けちゃうし言えちゃう」

穂高の視線を追って、青く染まった都心のビル群を見た。あそこにいたら、絶対に聞けなかった。恐らく穂高も、事故のことは口にしなかっただろう。

山はそういう場所なのだ。人を洗う場所なのだ。

宝田謙介は、宝剣岳で何を思ったのだろう。

「謙介さんが登った山に、登ろうと思います」

どれだけの情報を、証言を、思い出を積み重ねても、確信など掴めない。掴めないのならせめて、最も納得のいく手段をもって、諦めよう。

「そうだね。意外と、同じ景色を見てみたら、しっくりくるかもしれないね」

ウエアを羽織って、大きく伸びをした穂高が、ザック背負って立ち上がる。

「俺の両親と姉は死んじゃったけど、俺の場合は、死にたくないのに事故で死んでしまったってわかってる。どっちかわからないのは辛《つら》いよなって岳を見てると思う」

「比べることじゃないですよ」

全く笑うところじゃないというのに、ふふっと笑った穂高は「下りるかあ」と気持ちよさそうに空を仰いだ。

「登りとは別ルートで下って、温泉に入って帰ろうか」

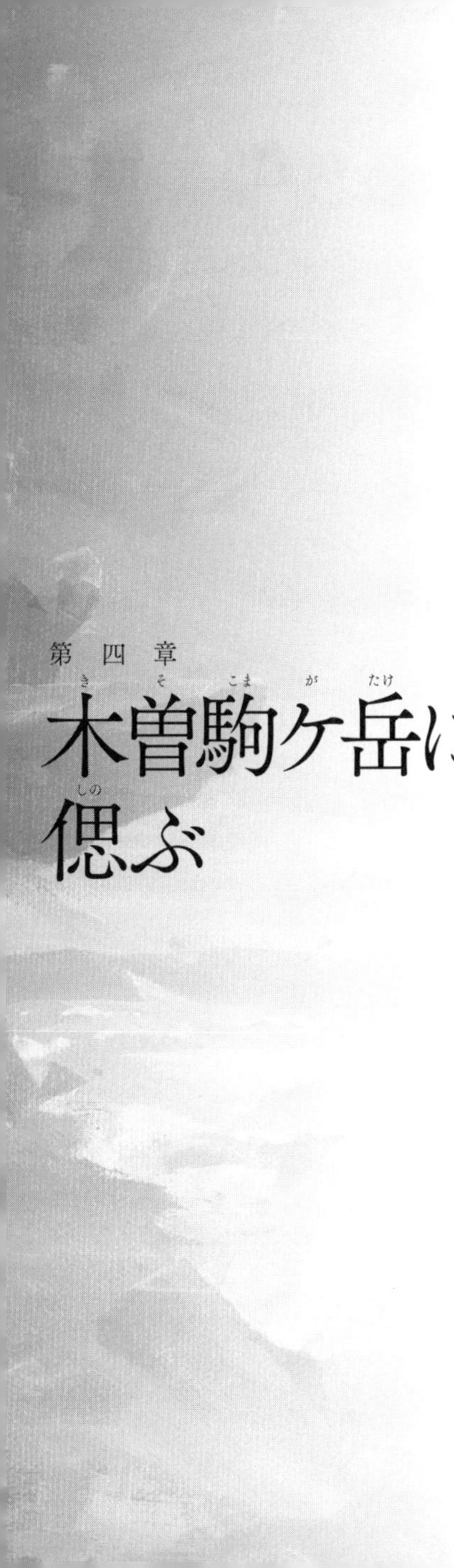

第四章

木《き》曽《そ》駒《こま》ケ《が》岳《たけ》に偲《しの》ぶ

日《ひ》の出《で》山《やま》を下り、穂高《ほだか》の家にザックとウエアと登山靴を返しに行く頃には午後三時を回っていた。「日の出山なら、そろそろ帰って来る時間だと思ってたよ」と二人を出迎えた穂高の祖父は、狙い通りとばかりにコーヒーと焼き菓子を出してくれた。

「筑波《つくば》君、家まで送っていってあげよう」

穂高の祖父がそんなことを言い出したのは、岳《がく》が最後のフィナンシェを口に放り込んだときだった。すでに日が傾いて、窓から差し込む太陽の光は、角が取れてまろくなっていた。

「突然どうしたの」

岳より先に、穂高が声を上げた。ソファの肘掛けに頭を預けて今にも船を漕ぎ出しそうだったのに、珍しく戸惑った様子で視線を右往左往させる。

「山登りして疲れちゃったかなと思って。電車で帰るの、しんどいでしょう」

掠《かす》れた嗄《しゃが》れ声には有無を言わさない推進力があって、穂高の祖父は岳の返事を待つことなくソファを立ってしまう。リビングを出ていったかと思うと、シャツの上に焦げ茶色のベストを羽織って戻ってくる。

「俺、大丈夫です。電車で帰れますよ。お茶までいただいちゃいましたし」

「遠慮しないで。僕も、孫の後輩と話がしてみたい」

車の鍵を指先でくるりと回したと思ったら、「穂高は留守番してて」とソファから腰を浮かした穂高を制止する。

「……何故」

「穂高がいたら、筑波君が気を使ってお前の悪口を言ってくれないかもしれないじゃないか」

「孫の悪口が聞きたいのぉ？」

顔を顰《しか》めたり舌を巻いたり、くるくる変わる穂高の表情に、彼の祖父は愉快そうに笑った。

その顔も、やはり穂高にそっくりだった。

「じゃあ行こうか、筑波君」

この人は穂高の祖父なのだから、自分がどう抵抗したところで、思う通りにされてしまう気がした。言われるがまま帰り支度をして、玄関に向かうことにする。

「お手柔らかに」

靴を履いていると、見送りにきた穂高が肩を竦《すく》めた。

「悪口を言われる身に覚えがあるんですか？」

「ないと言えば嘘《うそ》になる」

「なるんですか」

はははっと笑って、意外と笑えるもんだなと思った。

「また週明けに大学でな」

そう言って、穂高は照明を落とすように表情を引き締めた。立ち上がって彼の顔を見据えると、困った様子で鼻を鳴らした。

「木曽駒ヶ岳と宝剣岳《ほうけんだけ》の登山計画、立てないとな」

ガレージの方から岳を呼ぶ声が聞こえた。「よろしくお願いします」と噛《か》み締めるように穂高に言って、岳は玄関を出た。スカイブルーの小振りなパイクカーは、夕日に照らされて少し色が褪《あ》せて見えた。

車を出してすぐ、穂高の祖父は「馬場《ばば》まであっという間だから」と岳に質問を投げかけてきた。「何年生？」「出身は？」「高校のときから登山部だったの？」という矢継ぎ早な問いかけに、助手席で体を縮こまらせながら答えた。

「穂高の両親とお姉ちゃんのことは聞いた？」

そんな話が始まったのは、住宅街を抜けて早稲田《わせだ》通りに出たときだった。

咄嗟《とっさ》に反応できなくて、窓の外を見つめたまま岳は半口を開けた。夕方になって、大通りは交通量が多い。目の前を大型トラックが通り過ぎていく。

「今日、帰ってきた孫を見て、話したんだろうなと思ったんだよね」

答えない岳に、そんな助け船が出される。

「あの子、山の下のことを下界って呼ぶでしょ。下界にいるとき、そういう話を全然しないからね、穂高は」

「お祖父さんにも、しないんですか」

「しないね、全然しない。事故のあと、一年くらい他人と口を利けない時期があったせいか、未だに肝心なことをちゃんと口にできない性分なんだろうね」

「そう、なんですか」

一見すると飄々《ひょうひょう》としていて、聞いてもいないのに次から次へとペラペラ喋《しゃべ》る男なのに。本心を語るのは苦手だなんて。

本当に、不思議な人だ。

「毎朝仏壇には手を合わせてるけど、両親とお姉ちゃんの話をするのは、年に一度、慰霊登山をするときだけ」

慰霊登山か、と口の中で言葉を転がす。「慰霊」とつくだけで、すっかり馴染《なじ》み深いものになっていた「登山」という言葉の色や温度感が変わってしまう。

「そもそも、穂高があの事故の二年後から山登りをするようになったのは、慰霊登山をするためだったんだ。トレーニングしてるうちに山登りそのものが気に入ったみたいで、あの子が中学生の頃は一緒にいろいろ登ったよ。大学に入ってからは、飛行機が怖いからって一人で新幹線やフェリーに乗って、随分遠いところまで登りにいくようになった」

「慰霊登山は、お祖父さんも一緒に行かれるんですか」

「一昨年までは僕も一緒に登ってたんだけどね。山頂まで行かないにしても山小屋に一泊しなきゃいけないし、流石にしんどくなっちゃって。去年からは穂高が一人で登ってる」

事故現場は南アルプスだと穂高自身が言っていた。あのクラスの山は、いくら登山経験者とはいえ、年老いてからもほいほい登れるものではないだろう。

「事故があったのは十月でね。去年、穂高は一人で登ったんだけど、登って何を思ったのかは、下界に下りてきてからは何も話さないから」

他の山に登ったときと変わらぬ様子で帰ってきて、何食わぬ顔で一緒に夕飯を食べた。「早く帰ってこられてよかったね」と祖父が言うと、「紅葉が綺麗《きれい》だったから、もっとじっくり見てくればよかった」と穂高は笑った。

早稲田通りを東に進みながら、そんな話を聞いた。どんな相槌《あいづち》を打てばいいのかわからなかったが、穂高の祖父はそんなものは求めてこなかった。

今年の十月、穂高は慰霊登山に一人で行くのだろうか。
自分は、三〇〇〇m級の山が連なる南アルプスに登れるレベルになっているだろうか。
ああ、でも、仮になっていたとしても、日帰り登山ができるレベルの山じゃないし、あの人とテントや山小屋に泊まるのはちょっと厳しいだろうな。

窓ガラスに映る自分の顔越しに、すっかり暗くなった外を見つめながら、そんなことを考えた。馴染みのある景色がぷつぷつと見えるようになって、五分もせずにパイクカーは高田馬場駅の高架を潜《くぐ》った。家まで送ると言ってくれた穂高の祖父に丁重に礼を言って、駅前のロータリーで降ろしてもらう。

「穂高に、何を話したのか問い詰められるかな」

茶目っ気たっぷりに笑って、穂高の祖父は去っていった。尾を引くように艶《つや》やかに光るテールランプが、「あの子はそういうこと、聞いてこないんだけどね」と言っている。

目の前の信号が青になって、駅から吐き出されてきた人々が、一斉に道路を渡る。その波に飲み込まれて、岳は歩き出した。

*

大学図書館のパソコンで新聞データベースに齧《かじ》りついていたら、隣のパソコンを使っていたどこの学部の所属かもわからない先生に「熱心だねえ」と感心された。全くもって大学の授業の内容とは関係ないのです、とは言えなかった。

南アルプス小型飛行機墜落事故の記事は、当時の新聞をちょっと検索すればいくらでも出てきた。六歳だった岳には一切記憶がないのだが、これはテレビでも大きく取り上げられたはずだ。

墜落事故があったのは、穂高の言う通り南アルプスの最南端——聖岳《ひじりだけ》のあたりだった。標高二〇〇〇ｍほどの山中に、穂高と両親、十歳の姉が乗った小型プロペラ飛行機は墜落した。

ネットニュースの古い記事を読み漁《あさ》るだけではなかなか出てこなかった情報も、新聞には随分書いてある。事故の原因となったエンジントラブルはプロペラ飛行機の運航会社の整備不良が理由だったとか、事故後に遺族側が運航会社を相手取って裁判を起こし、最終的に賠償金が支払われて和解に至ったとか。

関連する一番新しい記事は、五年前のものだった。

事故から唯一生還した少年が高校生になり、祖父と共に初めて自分の足で慰霊登山に挑むのに同行している。事故から五年という節目の年だったからか、なかなか大きな扱いだった。穂高の名前は、「Ｈさん」と表記されていた。

高速バスで新宿《しんじゅく》から長野県飯田《いいだ》へ行き、前泊。翌朝、午前四時半から登山を開始し、登山道の途中から、事故現場となった山の斜面を眺める。その日は山小屋に宿泊。次の日も午前四時半に出発し、再び事故現場を横目に見ながら聖丘へ登り、その後七時間以上かけて下山。一日数本しかないバスに一時間半揺られて飯田駅へ戻り、午後七時発の高速バスに乗って、新宿へ着くのは午後十一時過ぎ。二泊三日、初日は七時間、二日目は十時間行動という過酷な慰霊登山の様子が綴《つづ》られている。

「事故現場を見つめるHさんと祖父のYさん」というキャプションがついたモノクロの写真には、確かに穂高の後ろ姿が写っていた。

どれくらい新聞を眺めていたのか、チャイムの音で岳は我に返った。ブラインドの隙間から、酷《ひど》く鋭い西陽《にしび》が差し込んでいる。

順番を待つ学生もいなかったし、パソコンの電源を落として図書館を出た。エレベーターホールの窓から、クラブハウス棟の屋根にオレンジ色のテントがあるのが見えて、自然と足がそちらに向かった。

部室のドアをノックすると、水瀬《みなせ》の声がした。本当にこの人は一体いつ授業に出ているのか、今日も指定席で本を読んでいる。

「穂高君、来てるよ」

水瀬が窓の外を指さす。いつもは本から視線を外さないのに、今日は珍しく岳の顔を見た。

「昼寝でもしてるんですかね」

テントはあるが穂高の姿は見えなかった。

「本が読みたいって言うから、一冊貸したんだ。多分、テントの中で読んでる」

窓を開けると、テントの前に靴が揃《そろ》えて置いてあった。バーナーの上でステンレス製のポットが湯気を噴いている。

「穂高さん、お湯、湧いてますよ」

窓枠を超えて屋根に下りる。バーナーの火を止めると、テントから穂高が顔を出した。水瀬から借りたらしい文庫本を、左手に持ったままだった。

「コーヒー、飲む？」

「勝手に淹《い》れてるんで、区切りのいいところまで読んでいいですよ」

開かれたページは終盤も終盤という様子だった。水瀬から借りたのならミステリ小説なのだろうし、探偵が犯人を言い当てる山場のシーンのはずだ。ここまで来たら最後まで一気に読んでしまいたいだろう。

「じゃあ、遠慮なく」

テントの中にごろんと寝転がった穂高を尻目に、彼のザックから携帯用のコーヒーミルを出して、折りたたみ椅子に腰掛けて豆を挽いた。二人分のコーヒーを淹れ終わる頃、背後でパタンと本を閉じる音がした。

「……凄《すご》かった」

テントの天井を見上げたまま呆然《ぼうぜん》と呟《つぶや》いた穂高に、「それはよかったですね」とカップを差し出す。

「どんな話だったんですか」

「大富豪が殺される話」

「それの何が面白かったんですか？」

トリックなのか、探偵のキャラクターなのか、はたまた殺害の動機なのか。聞こうとしたが、カップに息を吹きかけた穂高が差し出した一枚の紙に、問いかけは綺麗に消えた。

破ったノートに走り書きされていたのは、木曽駒ヶ岳と宝剣岳への登山計画だった。

「岳が手に入れてくれた、謙介《けんすけ》さんの登山計画書をほとんどそのまま写しただけだけど。せっかくなら、同じ時間帯の景色が見られたほうがいいでしょ？」

登山計画書を見下ろしたまま何も言わずにいる岳に、穂高は続ける。

「今週末に行こう。天気もいいし、もたもたしてると梅雨入りしちゃいそうだし、早い方がいい」

穂高の目がぎょろりと動いて、岳を見る。湯気が薄くなったコーヒーに口をつけて、岳は静かに頷《うなず》いた。

「午前九時から登山開始ってことは、前泊ですよね？　それとも夜行バスですか？」

「東京からだと夜行便がないし、バスを降りてすぐ登るのもしんどいだろうから、前日の夕方にバスで駒ヶ《こまが》根《ね》まで行って、近くのキャンプ場で一泊しようと思ってる」

「……一泊って、テントで、ですよね」

恐る恐る聞くと、穂高はテントの天井を指さして「他に何があるの」と肩を竦めた。

「何かご不満かい？」

「ただ単に穂高さんとテントで一泊かあ、しんどいなあ、って思っただけです」

「人の家に泊まったくせに酷い言い様だなあ。このテント、一応二人用なんだよ？」

「なんというか、家に泊まるのとテントで一泊するのはちょっと違うじゃないですか」

具体的にどのあたりが？　と言われると、返答に窮する。絶妙に、何かが違うのだ。

でも、山に登ってテント泊するよりは、登山前に下界で前泊する方がまだマシかもしれない。

「本当はさ、テン泊しながら木曽駒ヶ岳から空木《うつぎ》岳《だけ》まで中央アルプスを縦走してみたいんだけど、それはまた今度な」

この人は、下界にいるときの方が口数は多い。でも、本当に大事なことを話すのは必ず山の上で、下界では腹の底を絶対に見せない。

山で一緒のテントで寝起きしようものなら、この人に何を言われるか、聞かされるか、わかったものじゃない。

それを俺は怖いと思っているのだなと、鼻歌を歌いながらコーヒーを飲み干した穂高の横顔を見つめながら思った。

*

金曜の授業に、登山靴にウエアにザックという完全装備で出席したら、同じ授業を取っていた小島《こじま》に「まさか、本当に未開の地にサバイバルしに行くの？」とからかわれた。一度も会話したことのない非常勤講師からは突然「僕も山登り好きなんだよね」と声を掛けられ、返答に困った。

午後の授業が終わってから部室で穂高と合流して、大学を出た。いつも通り本を読んでいた水瀬に「頑張って」と手を振られた。

新宿まで電車移動して、長野県飯田方面行きの高速バスに乗った。八割ほど席の埋まった車内には、ちらほらと登山客らしき乗客の姿がある。

「長野行きだからね。楽しい山がたくさんあるから」

窓際の席に座った穂高がそう言うのを聞いて、彼が事故に遭った南アルプスの聖岳も長野だと思い出した。図書館で見た慰霊登山の記事が、ふと脳裏に蘇《よみがえ》る。穂高と彼の祖父は、新聞記者と共に新宿から高速バスで飯田に向かった。

恐らく、岳が今乗っているのと、同じ便で。

そんな風に考えたら、自然と頬のあたりが緊張していた。○○の授業は定期試験が鬼のように難しいから気をつけろとか、学食の新メニューの××が意外と美味いとか、そんな他愛もない話を穂高としている間も、ずっと。

バスは中央道を西へ西へ走り、八王子《はちおうじ》を通過したあたりで穂高が寝息を立て始めた。岳も目を閉じてみたのだが、小型飛行機墜落事故の記事が瞼《まぶた》の裏に貼り付いて離れなくて、結局一睡もできなかった。

それに気づいたのか、諏訪《すわ》のあたりで目覚めた穂高は、背中の筋肉と共に凝り固まった時間を解きほぐすように、再び世間話を始めた。

午後六時半を回った頃、降車予定の駒ヶ根インターチェンジの名前がアナウンスされた。太陽は随分と傾き、バスを降りた瞬間、鋭い夕焼けに額を叩《たた》かれた。

山が近いのだと、息をした瞬間に感じた。東京とは空気の密度が違う。酸素は薄いのに味が濃い。夕日が逆光になった山々が、鋼のような色合いで遠くにたたずんでいる。そこから吹き下ろしてきた風が、二の腕とうなじのあたりを撫《な》でていく。ひんやりと冷たかった。

「あっちの方向が、木曽駒ヶ岳」

キャンプ場に向かって二車線の細い道を歩きながら、穂高が前方を指さした。来る者を拒むように折り重なった山の向こう側に、橙《だいだい》色に染まった薄い雲がかかっている。

そうか、あの先なのか。

そう思ったら無意識に歩幅が小さくなっていた。手にしていた紙袋が唐突に重くなる。中身は「今日の夕飯の材料だ」と穂高が新宿で買ったパンやソーセージで、たいした重さはないはずなのに。

前を行く穂高と間が空いてしまって、慌てて大股で距離を詰めた。振り返った彼に何も悟られていないことを祈ったが、きっと無理だろう。

バス停から十五分ほど歩いて、目的のキャンプ場へ到着した。持ち込んだテントを張れる広場だけでなく、コテージやツリーハウスまである立派なキャンプ場だった。

遊歩道を吹き抜ける風に、ほのかに川の匂いが混じっていた。管理棟で受付を済ませ、テントを張る場所を探して歩いていると、木々の向こうから水の流れる音がしてきた。

道の先に川が見えた。白い丸石がごろごろと並び、石に当たって撥《は》ねた流れが白波を作って、波の破片が金色に光った。ほのかに夕日の色を帯びていた。

「太田《おおた》切川《ぎりがわ》。確か、木曽駒ヶ岳の方から流れてきてるよ」

川を顎でしゃくった穂高は、「ここにするか」と足を止めた。来る途中も結構な数のテントが張られていたが、川の近くの割には空いている場所だった。周囲に他のテントもなく、十メートルほど離れたところに二、三個立っているくらいだ。

「クラブハウス棟の屋根と違ってペグもちゃんと打つから、手伝って」

ザックを下ろした穂高が、テントやフレーム、ペグを地面に広げる。メインフレームをインナーテントに通して、防水用のフライシートを被せてペグを打つ。万が一、強風が吹いても飛ばされないように生地をピンと伸ばし、張り綱もスチール製のペグで固定してやる。砂利の混ざった土にハンマーでペグを沈み込ませていくのは、意外と心地いい感触がした。

テントを張り終えた直後、穂高が天井からぶら下げたライトの灯《あか》りをつけた。太陽は稜線《りょうせん》の向こう側に沈み、あたりはすっかり暗くなっていた。夜空にわずかに滲《にじ》んだ赤紫色に、川音が少し大きくなった気がした。

「よくよく考えたら、テントってこういうところに張るものですよね」

いつもはクラブハウス棟の屋根の上にたたずんでいるテントが川辺のキャンプ場に張られ

ているのは、一周回って奇妙に感じられてしまう。

「ていうか穂高さん、前泊のためにテント持ってきて、明日はそれ背負って登るんですか？完全に荷物じゃないですか」

　キャンプ場には貸し出しテントもコテージもあるのだから、わざわざ自前のテントを持ち込む必要もなかったのに。

「駒ヶ根でのテント泊には、それくらいの価値があるんだよ」

「価値ですか」

「岳はまだ関東近郊の山しか登ってないもんな。長野は登山天国だから、今までとは全然違う景色が見られるよ。そもそも山のスケールが段違いだし」

　夕飯作ろうか、と穂高がザックをひっくり返す。二人しかいないのにキャンプ場の大仰な炊事場を借りるのも何だからと、いつもコーヒーを淹れたりホットサンドを焼くのに使っているバーナーで夕食は作ろうということになっていた。新宿でわざわざバスに乗る前に百貨店の食品売り場で食材を買ってきたくらいだ。

「岳もシェラカップだけじゃなくて、メスティンくらい買ってみたら？」

　メスティンというアルミ製の四角い飯盒《はんごう》で湯を沸かす穂高の横で、ライ麦パンを切る手を止めた。シェラカップとプラスチック製のスプーンとフォークはアウトドア用品店で買い揃えたが、いわゆるクッカーにはまだ手を出していない。

「メスティンはいいよ。ご飯炊けるし、麺も茹《ゆ》でられるし、焼いたり煮たりもできるし。この間はカステラも焼けたし」

　ホットケーキミックスと卵と牛乳をメスティンにぶち込んで焼いただけのアレは、果たしてカステラだったのだろうか。お裾分けした水瀬が一口囓って、「味はパンケーキで食感はカステラ」と言っていたのを思い出す。

　クッカーまで揃えちゃうと、もう、マジじゃないですか。

　そう言いかけて、慌てて飲み込む。パンと玉ねぎをスライスして、サバ缶を開けて、サバの身と玉ねぎをパンで挟んで、穂高に渡す。

「気が向いたら、買います」

　それで話を終わらせた。

　登山の必需品である登山靴とウェア、ザックを買い揃えるだけなら、軽い趣味といえるだろう。クッカーやバーナーを買い、寝袋やテントにまで手を伸ばすようになったら、沼にはまったようなものでいよいよ引き返せないだろう。

　え、引き返すつもりなの？

　穂高は絶対にそう聞いてくるだろうから、言わないでおこう。

サバサンドは、サバ缶を使っているせいで少し水っぽかったけれど、マヨネーズを塗ったおかげで塩気と甘みがいいバランスだった。固めに茹でたパスタは、刻んだベーコンとニンニク、マッシュルームを投入し、大量の乾燥ネギをかけて軽く火を通した。絶品かと問われるとそうでもないけれど、穂高が「えーい」と適当に味付けをした割には、美味しく仕上がっていた。買ったはいいけれど使うのを忘れたソーセージは、明日の朝食にすることにした。

「トラブルなく登れるといいな」

穂高がそんな風に言ったのは、食後にお馴染みのコーヒーを淹れて飲んでいるときだった。

「宝剣岳、難所ですもんね」

「俺も一緒にいるし、岳は岩場も鎖場も経験あるから、体調さえ万全なら大丈夫だと思うけど」

明日、自分は謙介が死んだ山に登る。

今日まで幾度となく考えては、その都度、体の違う場所がぴくりと痙攣《けいれん》した。右手の薬指、瞼、膨《ふく》ら脛《はぎ》、脇腹、喉の奥……自分の肉体が怯《おび》えているのがわかった。

真実が宝剣岳にあると思うから怖いのか、ないと思うから怖いのか、それ以外の何かが怖いのか。

もうすぐ七月とはいっても、夜になると屋外はだいぶ涼しい。東京とは違う、カラッとした冷たい空気が、足下からひたひたと這《は》い上がってくる。手にしていたステンレスのマグカップの中で、コーヒーはすでに湯気を失っていた。

「岳」

ポットの中がまだ温かいのを確認して、穂高が岳のカップにコーヒーを注ぐ。淡い湯気が岳の鼻先を掠《かす》めて消えた。湯気が辿《たど》ろうとした道をなぞるように、穂高は天を指さす。

「すごいでしょ、星が」

釣られて、空を仰ぎ見た。穂高が地面に置いてあったライトを消した。途端に周囲が真っ暗になる。遠くにあるテントの灯りがぼんやりと浮かび上がった。

「ほんとだ」

音が聞こえてきそうな星空だった。周囲に光源になる建物も人口密集地もないから、夜空の色が濃い。暗いのではなく、濃度が高い。

「これをこうやって見たかったから、テント泊がしたかったんだよ。明日テントを背負って登るなんて、安いもんだ」

星の色は白でもなければ金色でもなく、赤を帯びていたり青を帯びていたりと煌《きら》びやかだった。なのに、視界が慌ただしくない。瞬《また》きのたびにほのかに色が変わり、少しの間に空の表情が移ろいでいく。

「明日は晴れそうですね」

呟いた瞬間に側を緩く吹き抜けていった風がひんやりと冷たく、きっと山から吹いてきた風なのだろうと思った。

「山の天気は変わりやすいから、油断はできないけどね」

早めに寝ようか、と穂高が折りたたみ椅子から腰を上げる。コテージの側にある共用施設でシャワーを浴びて、歯を磨きながらテントに戻り、十時過ぎには寝袋に入った。

穂高から借りた寝袋からは、彼の家の匂いがした。穂高の祖父がテント泊をするときに使っていた寝袋らしいが、穂高の匂いに混じって、白檀のような爽やかな香りがした。

「二人用とはいえ、男二人だとちょっと狭いですね」

テントの天井を見上げながら呟く。穂高は「寝るだけだから」と笑った。笑い声が、寝袋越しに当たった肩口から伝わってくる。

穂高と並んでこうして天井を見上げたのは、謙介の葬式の日が最初だった。ただでさえ互いの呼吸が近いのに、距離感以上に相手を側に感じる。居心地の悪さに耐えきれず、岳は出入り口の方に顔を向けて目を閉じた。

川の流れる音と、名前のわからない虫の鳴き声が遠くから聞こえた。

*

穂高に、ロープウェイの中では後ろを見るなと言われた。何を企《たくら》んでいるのかは重々承知していたが、言われるがまま前だけを見つめ続けた。

七分半ほどのロープウェイの乗車時間は、それでもあっという間だった。足下を森が掠め、目的の千畳敷《せんじょうじき》駅が近づいてくる。浮遊感と共に山に飲み込まれていく感覚がした。

駅を出てすぐ、下界を見に行った。駅の裏手の開けた場所には、同じロープウェイに乗っていた登山客が何人も集まっていた。

「……雲の上だ」

隣にいた登山客が感嘆の溜《た》め息をつくのに合わせて、思わず呟いた。

人と人が手を繋《つな》ぐように重なり合った山々を岳は見下ろしていた。近い山ほど生命力を感じる緑色をしていて、遠くなるほど霞《かす》みがかった神々《こうごう》しい青色になる。山間に霧が立ちこめ、稜線には鳥の羽みたいな雲がこびりついている。

「朝は雲が低いからね。綺麗なもんだ」

行こうか、と穂高が岳の肩を叩く。帽子を被り直して、あとに続いた。人気の山だけあって週末の登山客も多く、ぞろぞろと列を作って登山道へ続く遊歩道を進んだ。

　登山する人を迎え入れるかのような開けた土地は、千畳敷カールというらしい。青々とした草と色とりどりの花が咲き乱れているのに、遠くの山肌には雪が残っているという、奇妙で美しい光景が広がっていた。

「ここが千畳敷カールですか」

「そう、木曽駒ヶ岳の玄関口。夏はこの通り、花が綺麗なんだよ。花だけ見るためにわざわざ来る人もいるくらい」

　木曽駒ヶ岳の標高は二九五六ｍだが、ロープウェイを降りた時点ですでに二六〇〇ｍ地点まで来ている。酸素の薄さが呼吸するたびにはっきりとわかるのに、眼前では黄色や桃色の花が優雅に頭を揺らしていて——自分の体が下界から急速に離れていくのが、わかる。

「高山植物も、こんなに咲いてるのは岳は初めて見るんじゃない？」

　確かに、一〇〇〇ｍクラスの山に自生する植物自体は下界とそう変わらない。こうして足下に広がる高山植物の群れは、気温の低さや風の強さ、冬場の積雪といった厳しい環境の中で育ってきた気高さや誇り高さみたいなものが感じられた。花弁一つ一つが大きく、色も鮮やかで力強い。

　近くを歩いていた老夫婦が、これはハクサンイチゲ、これはコマクサ、これはキバナノコマノツメ、と風に揺れる花を指さして写真を撮っている。

遊歩道といっても綺麗に整備されているわけではなく、石を敷き詰めた足場は不安定で、花に見とれていると足を取られそうになる。

むせ返るような濃い緑に覆われ、風が含む香りは岳の知らないものだった。鼻孔《びこう》や喉の奥を洗い流してくれる、冷たく爽やかな匂いだ。

「あれ、宝剣岳ですよね」

風が吹いてきた先を見上げて、岳は呟いた。足を止めた穂高が同じ方向を見て、小さく「そうだよ」と頷く。

高山植物の花畑に覆われた千畳敷カールを見下ろす、切り立った岩峰が見えた。朝日に照らされて黒く光る様は天に突き出した剣のようで、うなじのあたりが勝手に粟立《あわだ》ってしまう。

「高いですね」

「しかも、這って登らないといけない岩の山だからね。大昔に最初にあそこに登ろうとした人に会って話を聞いてみたいって、つくづく思うよ」

腕時計を確認した穂高が再び歩き出す。しばらく行くと、遊歩道が途切れて大きな注意書きの看板が立っていた。ここから登山道に入るから、登山装備のない者は立ち入るなと書いてある。

「さあ、早々にしんどいところだ」
どこか楽しそうに言って、穂高は登山道を登り始める。帽子を被り直して、岳も後に続いた。思えばこのモスグリーンの帽子が中庭に飛んできたことがすべての始まりだったなと、改めて思った。

八丁坂《はっちょうざか》と呼ばれるこの登山道は、巨大な岩がごろごろと並ぶ急坂だった。あまりに急だから、ジグザグと細かく折り返すように道が作られている。そこを、少しずつ少しずつ登っていく。凹凸の激しい急勾配は、はっきり言って悪路だ。晴れていて気温も高くないのが救いだった。これで雨でも降っていたら最悪だ。

それでも、気づかぬうちにペースが乱れ、酸素が薄いせいで呼吸が浅く小刻みになっていく。

意識して息を深く吸い、前を行く穂高の足並みに合わせてリズムを作った。とん、とん、とん、と胸の内で拍を刻んでいると、少しだけ呼吸が楽になる。

今日の朝食は、焼いたソーセージを夕食のパンの残りに挟んだサンドイッチだった。レタスも玉ねぎも挟まっていない、パンと肉だけのシンプルなメニューだが、それが胃袋で消化され、山を登るエネルギーに代わっていく。歩きながら、はっきりとそれがわかった。

熱量が胃袋から全身に広がっていく。足の裏が岩を捉えるたび、体内から炎が爆《は》ぜる音がする。

「こういう地形の山はさ……」

上擦《うわず》った声を上げ、穂高が足を止める。周囲では岩に腰掛けて休憩する登山客の姿も目立った。単調な道のりに、みんな飽きが回ってくるタイミングなのだろう。

「苦しくなったら、振り返るのが一番いいんだよ」

腰に両手をやって振り返った穂高を真似て、岳も後ろを見た。変わり映えのない道を延々と登りながら、いつの間にか随分高いところへ来ていた。

ロープウェイの駅も千畳敷カールもすでに遙《はる》か下だ。

その向こうは真っ白な雲に覆われ、下界を見ることすらできない。

「……登ってきたなあ、って感じがしますね」

「でしょ？」

どこかに腰を下ろして休むと逆に疲労度が増してしまうから、立ったまま水分補給をして、再び歩き出す。

名前の通り背を反らしたオットセイにそっくりなオットセイ岩の横を通過すると、さらに傾斜がきつくなった。アキレス腱《けん》のあたりに、ぐぐっと負荷がかかる。胃袋の下に力を入れ、体の奥に空気を押し込むようにして、一気に登った。

登りきった瞬間に空が広くなって、稜線に辿り着いたと気づく。「乗越浄土《のっこしじょうど》」と書かれた看板が近くに立っていた。

「登ったぁー！」

両手を頭上に掲げた穂高が空を仰ぐ。両足に溜まった疲労を上空に逃がすような動きだった。穂高がしていなかったら、自分がしていたかもしれない。

「岳、見てみろ。標高二八〇〇ｍの稜線だ」

周囲を見渡して、岳は洟《はな》を啜《すす》った。興奮しているのか、純粋に体温が上がって鼻水が出ているのか、自分でもよくわからない。

「初めてですね。自分の足でこの高さまで登ってきたの」

東京タワーの高さが三三三ｍで、東京スカイツリーが六三四ｍ。そう考えると、途方もなく高い場所に立っているのだと実感できる。ここよりもっともっと高い山が存在すると思うと、身震いがした。

稜線の先には、これから登る中岳《なかだけ》、木曽駒ヶ岳がある。視線を少しずらせば、宝剣岳がある。

謙介は、ここまで登ってきて何を思っただろうか。少しくらい気持ちがいいと感じたのではないか、と思った。壁のような急坂を己の足で登りきって、稜線の上で見渡すこの景色を、彼は爽快に感じた気がする。

とても身勝手な想像に過ぎないけれど。

乗越浄土から数分歩くと、宝剣山荘に辿り着いた。人工的な青色の屋根が、下界よりずっと近くにある太陽に燦々《さんさん》と照らされている。宝剣山荘は中岳・木曽駒ヶ岳方面と宝剣岳方面の分岐点になっていて、外のベンチに座って休憩していると、登山客達がそれぞれ目指す方向に二手に分かれて歩いていくのがよく見えた。

「謙介さんも、ここで休憩しましたかね」

行動食として持参したチーズとベーコンのおにぎりを頬張りながら、そんなことを口走っていた。穂高が早朝からわざわざメスティンで炊いた米は粒立っていて、ちぎって混ぜ込んだだけのチーズとベーコンの甘塩っぱさといい相性だった。

「登山計画書に宝剣山荘の名前が書いてあったし、休憩はここでしたんじゃないかな。この前俺が一人で登ったときは、素通りしちゃったんだけど」

岳と同じおにぎりをゆっくり咀嚼《そしゃく》しながら、穂高は宝剣岳の方を見ていた。

千畳敷カールで見たよりも近く、大きく、存在感が増している。切り立った岩場がはっきりと見えて、あんなところをどうやって登るのかと、白米と一緒に生唾を飲み込んだ。

おにぎりを完食したら、宝剣岳に背を向ける形ですぐに出発した。八丁坂とは打って変わって緩やかな坂を上っていくと、十分足らずで中岳の山頂に到着する。あっさり登頂できてしまって拍子抜けした。

中岳の山頂を示す看板には、二九二五mと標高が記してあった。木曽駒ヶ岳と三〇mほどしか差がないことが、途端に奇妙に思えてくる。

「一気に行こう」

すぐ側に見える木曽駒ヶ岳の山頂から視線を外すことなく、穂高が坂を下り出す。

途中に山荘とテント場がある。テント泊をしながら中央アルプスを縦走するのだろうか、色とりどりのテントが張られ、バーナーで何かを調理する音と匂いが、岳達のところまで漂ってきた。

一気に行こう、という穂高の言葉通り、会話することもなく木曽駒ヶ岳の山頂を目指した。砂利を踏みしめる音が、次第に楽器か何かの音に思えてくる。自分の息を吸う音、吐き出す音と重なり合い、血液が体を循環する音までが聞こえてくる。

勾配を越えて開けた場所に出た瞬間、先ほどの穂高を真似て、両手を天に向かって突き上げた。

声は上げなかった。ただ、大きく息を吐き出して、目一杯、吸った。空っぽになった肺を山頂の空気で満たした。古い自分が消え去って、新しい自分に生まれ変わった気分だ。

二九五六mの山頂には当然遮るものなどなく、混じりけのない風が吹いていた。額やうなじ、こめかみを濡《ぬ》らしていた汗が冷やされていく。

空が近い。雲も近い。当たり前に自分を満たしていた日常が、何もかも遠い。

同じことを筑波山の山頂で感じたと、思い出す。

「岳」

穂高が岳の肩に手をやった。置くというより、もたれ掛かるようだったし何かを預けるようだったし、縋《すが》るようでもあった。

彼がこんな風に自分の名前を呼ぶなら、それはきっと、大事な話が始まるのだ。

だってここは、山だ。

「あれ見て」

穂高の長い指が、眼下に広がる夏雲の海をさした。たゆたう雲の群れの向こう——遠くに、青く霞む連峰が見える。巨大な壁と見紛う山々が連なって、雲の上に顔を出している。

穂高の指が捉えたのは、その中の一つだった。

「あれが聖岳《ひじりだけ》。俺と家族の乗った飛行機が落ちた山」

赤石岳《あかいしだけ》、荒川中岳《あらかわなかだけ》、悪沢岳《わるさわだけ》、塩見《しおみ》岳《だけ》、農鳥岳《のうとりだけ》、間ノ《あいの》岳《だけ》、北岳《きただけ》、仙丈《せんじょう》ヶ《が》岳《たけ》。南アルプスを聖岳から北に指先でなぞりながら、穂高が山の名前を紡いでいく。

今日は天気もよく空気も澄んでいて、遠くにそびえる山が、青色と銀色が混ざり合った崇高な輝きをまとっていた。

「塩見岳の向こうにうっすら見えるのが、富士山」

何も言わずに、穂高が指さす方向を見つめ続けた。彼が右手で指し示している限り、ずっと見ていられる気がした。

「年に一度、祖父ちゃんと聖岳に慰霊登山をしてた。俺が登山を始めたきっかけは、慰霊登山をしたくて、そのトレーニングのためだった」

彼の祖父から聞いた通りの話だった。穂高も、それをわかって話している気がした。

「祖父ちゃんがさ、体力的にもう慰霊登山はしんどいなって言い出して、去年、初めて一人で登った」

「――登れなかったんですよね」

咄嗟《とっさ》に、言葉が口をついて出てしまう。

穂高が息を飲む音が、風に混じってはっきり聞こえた。

「どうして」

穂高がこちらを見る。

鹿のような目には、空の青さがじんわりと写り込んでいた。

言いたいことが、胸の奥からあふれ出しそうになる。一度喋《しゃべ》り出したら止まれなくなる気がする。唇を引き結んで、穂高を見つめ返した。

彼が岳の言葉を待っているのがわかった。

生唾を一度、ゆっくりと飲み込んで、口を開いた。

「穂高さんのお祖父さんから同じ話を聞きました。去年、穂高さんが一人で聖岳に慰霊登山に行ったって。あと、何年か前に穂高さんが初めて慰霊登山をしたときの新聞記事も、大学の図書館で読みました」

何も言わない穂高に、小さく息を吸う。最後まで話しきることにした。

「新聞記事には、慰霊登山を終えてバスで東京に戻ったのは午後十一時頃だったって書いてありました。なのに去年の穂高さんは、お祖父さんの話が本当なら、夕飯の時間までには家に帰ってきてます。二日目の行程は十時間だし、登山口から飯田駅、飯田駅から新宿までのバスの時間を加味しても、早すぎると思いました」

彼の祖父は、岳達が日の出山に登ったときも、帰宅時間を見越してコーヒーを用意していた。穂高が慰霊登山を終えて帰ってくる時間だって、把握していたはずだ。

『早く帰ってこられてよかったね』

『紅葉が綺麗だったから、もっとじっくり見てくれればよかった』

そんな会話があったということは、穂高の帰宅は予定より早かったに違いない。

「一人でどんなに早く登ったとして、帰りの移動時間のことも考えたら、穂高さんは事情があって早く下山したんじゃないかと思ったんです。きっと、途中で引き返してきたんだろうなって」

風に吹かれた唇が乾燥してきた。舌先で口の端を舐《な》めて、喉の奥に力を入れた。

「お祖父さんからその話を聞いたとき、穂高さんが登山仲間をほしがった理由について、改めて考えました。どうして俺だったのか、俺と登山するために、なんで謙介さんのことをこんなに調べようとしてくれるのか。」

岳が登山をやめたら困る事情が、この人にはあるのではないか。疑問は膨らみに膨らんで、ついに岳の口から出てしまう。

「穂高さん、一人じゃ飛行機に乗れないって言ってましたけど、お祖父さん曰《いわ》く、新幹線とかフェリーで遠くの山まで登りにいってるんですよね？　穂高さんは、ただの山登りの仲間じゃなくて、一緒に飛行機に乗ってくれる後輩じゃなくて、一緒に慰霊登山をする仲間がほしかったんじゃないですか？」

一緒に慰霊登山をしていた祖父がもう山を登れないから。

一人で、慰霊登山ができなかったから。

だから彼には、一緒に聖岳に登ってくれる人間が必要だった。

たまたま穂高の帽子を拾って部室にやって来た一年生——しかも、スポーツクライミング部の部長である国方《くにかた》にしつこく勧誘されている元インハイ選手の岳は、実にちょうどいい存在だったはずだ。

穂高はまだ岳を見ていた。あまりに凝視されるものだから、こちらの動きまで封じられてしまう。

彼がゆっくりと首を縦に振ったのは、随分たってからだった。

「登れなかった」

吐息をこぼすように笑って、穂高はさらに二度、頷いてみせる。

「登り始めはすいすい歩けたんだけど、あと少しで事故現場が見下ろせる稜線だっていうのに、そこから登れなくなっちゃってさ。宿泊予定だった山小屋にも辿り着けなくて、その日は泣く泣く下山して、バス停のベンチに野宿した。次の日、早朝からまた登り始めたのに、やっぱり同じあたりで足が動かなくなって、諦めてタクシーで飯田駅まで戻って、予定よりずっと早い便のバスで東京に帰ったんだよ」

今度は、はっきりと笑った。肩をわずかに揺らして、はははっと声を山頂から放り投げた。

聖岳がどんな山なのか、岳は知らない。知らないのに、登山道で足を止め、動けなくなってしまう穂高の後ろ姿が脳裏に浮かんだ。無理矢理前に進もうとして、最終的にはその場に蹲《うずくま》ってしまう。

そして、そんな自分を嘲笑うように、彼は笑うのだ。今みたいに、ははは っと笑い声を遠くに放り投げる。

「一緒に慰霊登山してた祖父ちゃんはもちろんわかってると思ってたけど、まさか岳にまで気づかれるとは思わなかったな」

暴くべきではなかっただろうか。知らないふりをして、無邪気に登山部の後輩として振る舞っているべきだっただろうか。

そんな浅はかな背伸びも強がりも、大人ぶった拙い気構えも、山の上ではきっと無意味なのだ。ここは山なのだから。下界のしがらみからも、日常からも切り離された場所なのだから。

「その日、帰りの高速バスの中で、登山仲間がほしいと思った。俺には、一緒に聖岳に登ってくれる人が必要だって」

「それが、俺だったんですね」

「そうだね」

怒る？　と穂高は笑いながら首を傾げた。「別に怒らないですよ」と肩を竦めて、雲の海に顔を出す聖岳を見た。

「そっか、なら、よかったよ」

心底安心したという顔を穂高はした。一体、何をそんなに懸念していたのか。岳がこの場で、ふざけるなと摑《つか》みかかるとでも思ったのか。

「岳、あっちも見てみて」

穂高が踵《きびす》を返し、聖岳とは反対方向を指さす。ちょうど、木曽駒ヶ岳の北側に当たる方向を。

「あっちは北アルプスだよ。乗鞍岳《のりくらだけ》に立山《たてやま》、少し遠くて見えにくいけど、槍ヶ《やりが》岳《たけ》、大喰岳《おおばみだけ》ときて、側にある高い山の一帯が、奥穂《おくほ》高岳《だかだけ》、涸沢岳《からさわだけ》、北穂高岳、前穂高岳、西穂高岳、明神《みょうじん》岳《だけ》から成る穂高連峰」

自分と同じ名前を持つ山を真っ直ぐ指さして、穂高はそう説明した。頰が微《かす》かにピンク色に高揚して、興奮を押し殺しているようだった。大きく見開かれた目は不思議と冷静で、今、彼が何かを覚悟したのだとわかった。

「いつか登ろうな」

岳の背中に穂高の手が伸びる。木曽駒ヶ岳を下りて、宝剣岳に向かおうという合図だ。何も言わず、岳は穂高のあとに続いた。

いつか登ろうな——その言葉が指すのは聖岳なのか、はたまた穂高連峰なのか。

第五章

宝《ほう》剣《けん》岳《だけ》で君を暴く

宝剣岳の影が大きくなるにつれて、足取りが重くなった。

木曽《きそ》駒ヶ《こまが》岳《たけ》の頂上から中岳《なかだけ》を経由して宝剣岳を目指す道のりは風が強く、時折帽子のツバが激しく揺れた。

宝剣山荘を通過し、宝剣岳に近づくにつれ、行く手を阻むように巨大な岩がごろごろと転がる。岩を避けながら歩くが、傾斜がきつくなるのに合わせ、いつの間にか足の踏み場がなくなっていく。岩を這《は》い上がらないと、登れなくなる。

「すげえや」

無意識に、笑い声が漏れていた。

穂高《ほだか》が無言で振り返る。朗々としたたたずまいの宝剣岳を見上げたまま、岳《がく》はもう一度「すげえや」と繰り返した。

「ウォールみたいです」

スポーツクライミングをやっていた頃、毎日毎日挑んでいた、人工壁。さまざまな形、大きさ、色をしたホールドが取り付けられた、人間が体一つで登るためだけに作られた壁。

目の前にそびえる岩峰は、天然のクライミングウォールだった。

両手をぐっと握り込んで、開く。それを三度繰り返す。指先に血が通うのを確かめる。クライミングをやっていた頃、試合前のオブザベーションの時間にこれをやるのが岳のルーティーンだった。

こうやって、頭の中に、この壁を登る自分を思い浮かべる。最も短く、体力を消費せず登れるルートを探す。そこを登る自分をイメージし、脳内に完登する自分を思い描く。

穂高に先行する形で、岩場を登り出した。岩を登山靴でしっかり踏みしめ、岩を五本の指でがっしりと摑《つか》み、ガイドの鎖を反対の手で捕捉する。

穂高は静かに岳の後ろをついてきた。「危ないなって思ったら声かけるから」と言われたが、怖いくらい耳を素通りしていった。

ただ、目の前の岩だけを見ていた。

手を伸ばすべき岩、足をかけるべき岩、その次に摑むべき岩……すべて黄金色を帯びた一本の道に見えてくる。

岩は人工壁のホールドとは違う。人が摑むことを想定して作られていないから、指を掛けた瞬間に掌に痛みが走る。擦過傷ができる一歩手前の、熱っぽい痛みだ。

ここには命綱もハーネスもマットもない。もちろん、落ちたら怪我をする。下手をしたら、滑落事故を起こして死ぬ。何より、天然の岩はホールドのように「摑んだから絶対に安全」という存在ではない。割れるかもしれないし、砕けるかもしれない。

なのに、恐怖心は湧き上がってこない。全く逆の感情が、岳の体を上へ上へ動かしていく。

——岳はオブザベが上手いよね。

——登りながら臨機応変な対応もできるし、いい判断力をしてる。

——体が柔らかいから、自分のイメージ通りに体を動かせる。これは強いんだぞぉ。

すべて、謙介《けんすけ》が指摘してくれた、クライミング選手としての岳の長所だった。彼が「いいね」と言った通りに、体が動く。

疲労は感じる。足の裏、足首、膨《ふく》ら脛《はぎ》、太腿《ふともも》、股関節、腹筋、背筋、二の腕、首、体中に疲労が溜《た》まっている。

しかし、リズムよく息をしていると、疲労が霞《かす》んでしまう。心臓が次々と血液を送り出し、体をどんどん軽くする。余計な音は何も聞こえなくなり、視界は驚くほど広く鮮明になる。時間の感覚が早いのに、一秒一秒が笑ってしまうほど濃密になる。

指先に走った一瞬の感覚が、何十倍もの時間を掛けて、岳の中に刻みつけられる。

頂上が見えた瞬間、摑むべき岩がどれかわかった。一番上のホールド——トップはいつだって、一際光り輝いて見えるものだ。意識がそこへ吸い寄せられ、トップ以外は何も見えなくなる。ただトップを求めて、体は壁を登っていく。

トップを掴んで、体を引き上げる。重力の鎖を引きちぎる音がする。手足の先端で爆《は》ぜた熱が、快楽物質になって全身を廻《まわ》った。

中岳とも木曽駒ヶ岳とも違い、宝剣岳の頂上は狭かった。岩がぎっしりと集まった先に、一際大きな岩が突き出ている。

人一人が立つのが精一杯の岩に、岳は這い上がった。天に向かって掲げられる剣の尖端《せんたん》に立つようだった。

風に体が煽《あお》られ、被っていた帽子がふわりと浮き上がり、顎紐《あごひも》が首に引っかかって止まる。標高二九三一ｍの頂上に吹く風は冷たく、鋭く、押し流されるような容赦のない力強さをしている。

だが、すべてが岳の手の中にあった。

千畳敷《せんじょうじき》カールの花畑も、乗越浄土《のっこしじょうど》も、中岳も、木曽駒ヶ岳も、聖岳《ひじりだけ》も、穂高連峰も、空も雲も太陽も——三百六十度、世界のすべてが岳に迫ってきて、飲み込んでいく。筑波《つくば》岳という人間を世界が真っ新に洗い流してしまう。

大きく息を吸った。吸えるだけ吸った。世界一美しい景色で自分の体を満たしたかった。

この景色を、この感覚を、自分はよく知っている。

『完登は気持ちいいぞ』

そう言ったのは、謙介だった。

『最後のホールドを摑んでから見る景色は、練習場だろうと試合会場だろうと関係なく、いいものだ。あれ以上美しい景色はない』

眼下に広がる景色は、完登のあとに見る景色と同じ美しさをしていた。

スポーツクライミングをしている人間なら誰しも「美しい」と感じ、この景色を見るために自分は壁を登るのだと酔いしれてしまうはずだ。これは麻薬だ。一度知ってしまったら、もう戻れない。知らない頃の自分に戻れない。

少なくとも、あの人はそうだ。

「穂高さん、謙介さんは……自殺なんてしてないですよ」

穂高は、岳の立つ岩の麓《ふもと》からこちらを見上げていた。

「あの人、クライミングが好きだったんです。凄《すご》く好きだったんです。他に代わりがないくらい、好きだったんですよ」

それが、もしかしたら引退後の彼を苦しめたのかもしれない。しれないけれど――。

「あんな岩場を登って、こんなところからこんな光景を見て、奮い立たないわけがない」

彼はきっと、現役のときに何度も何度も見た、ウォールの上からの景色をここで思い出したはずだ。それだけは間違いない。日本代表、世界大会、オリンピック代表選考会……岳が手を伸ばすことすら諦めた景色を、あの人は知っているのだから。

「謙介さんが、この景色を見て、死のうなんて思うわけない」

むしろ、登ろうと思ったはずだ。もう一度この眺めを味わうために、再び別の壁を登ろうとしたはずだ。

だって、あの人は根っからのクライマーなのだから。

難しい壁ほどわくわくするのがクライマーだ。この世に、スポーツクライミングと同じくらい美しい景色を見られるものがあると知って、登らずにいられるわけがない。

「俺、勝手に思い込んでたんですね。謙介さんのことを、もう立ち上がれない、落ちた自分を見つめられない弱い人だって。でもそうじゃなかった」

そうじゃないと、とうの昔からわかっていたはずなのに。曇りきっていた自分の目を、改めて嘲笑いたくなった。

「ようやく確信ができました。謙介さんの死は、とても不幸で悲しい、やるせない滑落事故だったんだって」

謙介は、この景色を、これを見た自分の感情を、岳に直接伝えようとしたのだろうか。頂上からの眺めを、他の登山客からすると不自然なくらい長時間堪能《たんのう》して、岳に電話をかけようとして、風に煽られたか足を踏み外したか滑らせたかして、滑落した。興奮してスマホを弄《いじ》っていたせいで、足下の注意が疎《おろそ》かになったのかもしれない。

宝田《たからだ》謙介は、そうやって死んだ。

「岳」

穂高が下から名前を呼んできた。「はい」と返事をした。

「今、自分で思ったこと、山を下りてからも信じられる？」

「大丈夫ですよ。下界で悶々《もんもん》と悩んでたときとは違うんですから」

謙介と同じ景色を見たのだ。同じ時間に登山を開始し、同じルートを、同じものを感じながら登った。自分は宝田謙介の近くまで登ってこられたと、胸を張って言える。

「そうか」

よかったね、と穂高は言った。その口元に笑みは浮かんでいない。岳の体を射貫くように、真っ直ぐこちらを見ていた。

宝剣岳の頂上に鎮座する岩を、剣の先端のようだと思った。しかし今この瞬間、足下の岩が、断頭台に姿を変えた気がした。

「岳は、俺に隠してることがあるよな」

ああ、来た。

ついに、来た。

目を閉じて、一度、深呼吸をした。

「――あります」

いつからだろう。木曽駒ヶ岳の山頂に辿《たど》り着いたとき、千畳敷カールから登山を開始したとき、謙介の死んだ山に登ると決断したとき、日の出山に登ったとき……いや、もっともっと前から、この瞬間が来ることを、覚悟していた。

穂高に手招きされて慎重に岩から降りると、しっかり踏ん張ったはずなのに体がふらついた。一瞬だけ視界が暗転し、意識が飛んだような錯覚に陥る。

穂高に肩を掴まれ、体を支えられた。でも彼は「大丈夫か？」とも「気をつけて」とも言ってこなかった。

「宝田謙介に宝剣岳の存在を教えるコメントをしたの、岳でしょ？」

涼しい顔のまま、穂高は聞いてくる。不思議と、岳の胸も凪《な》いでいた。

「そうです。謙介さんの動画のコメント欄に、宝剣岳のことを書き込んだのは、俺です」

暴かれたら、取り乱すに違いないと思っていたのに。

〈いつも楽しく動画を見ています。ところで、宝田さんは本物の山には登らないんですか？〉
〈そういえば、中央アルプスに宝剣岳という宝田さんみたいな名前の山がありますね！〉

　あれは間違いなく、岳がコメントしたものだ。謙介はそれを見た。宝剣岳の存在を知った。

「穂高さん、どうしてわかったんですか。俺が筑波山に登って感動してたからですか」

「岳の母校に行った帰りに、お前に動画を見せただろ」

　駅へと向かう道中で、クライミング部の部員が教えてくれたのだと、謙介が投稿していたクライミングの解説動画を見た。

　あのとき、俺は——。

「岳、覚えてないかもしれないけど、俺がスマホで動画を見せたら、すぐにクライミングの解説動画だって気づいたんだよ。動画のタイトルも見せてない、俺だって何の説明もしてない、字幕も入ってない。ただ、宝田謙介がウォールを登ってるだけの動画を見て、岳はあれが練習でもお遊びでもなく、解説動画だって気づいた」

　記憶の糸をたぐると、確かに、そんなことを言った気がする。ノイズが入って鮮明には思い出せない。それくらい、無意識だった。

「俺はあのとき、岳は何だかんだ言いつつ、宝田謙介のチャンネルをちゃんと見てたんだろうなと思った。だから、チャンネルに投稿されてた動画を全部見た、コメント欄も、全部」

それで、穂高は岳のコメントを見つけた。筑波山に一緒に登った彼は、すぐに岳が書いたものと気づいただろう。

「岳がどうして宝剣岳を知ってるんだろうなって思ったんだけど……俺が言ったんだよな。筑波山に登った日、下山して温泉に入りながら、『木曽駒ヶ岳〜宝剣岳〜檜尾岳《ひのきおだけ》〜東川岳《ひがしかわだけ》〜空木《うつぎ》岳《だけ》って中央アルプスを縦走するのもいつかやってみたい』って」

その日、帰りの電車の中で、眠り込んだ穂高の顔を横目に見ながら、温泉で彼が口にした山の名前を検索した。

宝剣岳の名前を見た瞬間、謙介の顔が浮かんで、迷った末に数日後にコメントを書き込んだ。

「浅はかでした。自分が筑波山に登って気分がよかったから、だから、謙介さんにも、なんて考えました」

宝剣岳がどういう山なのか、調べもせずに謙介に宝剣岳を教えた。

「謙介さんは俺のせいで宝剣岳に登って、滑落事故に遭って死んだんです。俺はずっと、謙介さんは俺のせいで事故に遭ったとか、俺のせいで自殺場所を見つけてしまったのか、どっちなのかずっと考えてたんです」

どっちだったにせよ、岳が彼の死のきっかけを作ったことは間違いない。

それだけは、揺るがなかった。

「今、少しだけホッとしてるんですよ。謙介さんは自殺してないって、せめて、そうであってほしいってずっと思ってたんですから」

そこまで言って、脳裏をよぎった予感に、頭を抱えた。あああ……と声が漏れ、その場に蹲《うずくま》りそうになる。

「俺の思い込みなのかなあ……自殺じゃなくて事故であってくれって俺が願ってるから、そう見えたのかな。謙介さんがこの景色を見て自殺するわけがないって、思い込もうとしてるだけなのかな……」

先ほど見た景色が、網膜に焼き付けたはずの眺めが、途端に四隅から色を失いボロボロと剝《は》がれ落ちていく。美しさも清々《すがすが》しさも神々《こうごう》しさも、何もかも、紛いものに思えてくる。

それを止めたのは、穂高の声だった。

名前を呼ばれ、ぐい、と肩を押されて顔を無理矢理上げさせられる。

「大丈夫、って、さっき言っただろ」

穂高の瞳に、はっきりと後悔の色があった。風が吹くのに合わせて、彼の両目が一度だけ白く光って揺れる。

岳が何か言うより先に、「ごめん」と彼の唇が動いた。動いたのに、声は風に掻《か》き消されてよく聞こえない。

「岳を糾弾したかったわけじゃない」

穂高が首を横に振る。何度も振る。

「俺の秘密は岳が暴いた。だから岳の秘密は俺が暴きたかった。暴いてやりたかった」

「だから、って……だから何だって言うんですか」

穂高の秘密は痛ましい過去で、岳を登山部に招き入れた純粋な気持ちとささやかな策略で——けれど岳の秘密は、そうではない。決して、同じ次元で語ることができない。

「謙介さんは俺のせいで死んだんですよ」

罰してほしい。罪を問うてほしい。誰でもいい、誰でもいいから。

差し伸べられた手を振り払うかのごとく吐き捨てると、穂高が小さく洟《はな》を啜《すす》る音がした。

「あのな、岳……」

彼が口を開く。喉が震えているのがわかった。雨に打たれてずぶ濡《ぬ》れになった野良犬のようだった。初めて見る梓川《あずさがわ》穂高の表情だった。

「俺の家族が、事故のあった日に、飛行機に乗ったのは……俺が飛行機に乗りたいと言ったからだった」

顔を見たことすらない穂高の両親と姉、小学生の穂高の姿が、どうしてだか岳の中に降ってくる。事故の数分前、小型飛行機から秋の南アルプスを見下ろし、色鮮やかな紅葉に歓声を上げる姿が。

「……事故は、俺のせいか？」

言葉尻が上擦《うわず》った。息の仕方を忘れてしまったみたいに、穂高が何度も肩を上下させる。

「その聞き方は卑怯《ひきょう》でしょ！」

山の空気が冷たいせいで、叫んだ喉の奥にピリッと鋭い痛みが走った。

それでも、穂高は喋るのやめない。

「それにな、今回のことは、元を辿れば、岳を筑波山に登らせた俺のせいだよ」

岳の秘密を暴くと決めたときから、この人は覚悟していたのだろうか。岳が何と言うか見越して、こうやって言葉をかけようと決めていたのだろうか。

これが岳を救う方法であると、本気で思ったのだろうか。

「違いますよ……そんなんじゃないですよ」

深い穴の底に自ら飛び下りようとする後輩の手を摑むでもなく、説得して引き留めるでもなく、一緒に落ちることを選択したのだろうか。

二人揃って落ちた先に、一体何があるというのか。

「さらに言えば、一緒に慰霊登山をしてくれる仲間がほしいからって、岳を登山部に引き入れた俺の……」

「だから、違うって言ってるじゃないですかっ！」

ここが宝剣岳の山頂でなかったら、摑みかかっていたかもしれない。伸ばしかけた右手を引っ込め、息を吸った。体の中でぐちゃぐちゃに燃え上がった感情を、無理矢理鎮める。

山の上でこんなにぐちゃぐちゃの泥だらけになるのは、初めてだ。のしかかっていた余計な感情が洗い流され、丸裸の真実だけが外気に晒《さら》された。

こうでもしないと、俺は、自分とも、謙介さんの死とも、対峙《たいじ》できなかったのかもしれない。

「違いますよ……」

救われたいのだろうか。そう願うことが、自分なんかに許されるのだろうか。

涙が出ていた。目の縁からじわじわと染み出し、雫《しずく》となって頰を伝う前に、山頂の強風に乾いていってしまう。

「同じだよ」

きっぱりと言った穂高に、この人もずっと許されたかったのだろうか、と思った。そこに罪なんてないのに、ずっとずっと、許されたかったのだろうか。

宝剣岳の山頂で、一体何人の登山客を見送っただろう。岳と穂高は、何も話すことなく一時間近く雲間から顔を出す南アルプスと北アルプスを眺めていた。雲の流れは穏やかで、地球がゆっくり脱皮をしているようだった。

穂高に「そろそろ降りよう」と腕を引かれ、大人しく宝剣岳を下ることにした。何もかも吐き出してしまった体は空っぽで、自分でも不思議なくらい素直に下山を始めた。

登りより下りの方が慎重さが求められるし、下を見ざるを得ないから恐怖心も煽られる。けれど、怖いくらい何も感じなかった。心が凪いでいるのではなく、感覚を失っていた。登るときの高揚感や、五感が研ぎ澄まされている実感はない。前を行く穂高が、何か言いたげにときどきこちらを振り返った。

少しずつ勾配が緩やかになる、岩も小さく丸くなっていく。宝剣岳に向かう登山客とすれ違い、道を譲りながらゆっくり下っていった。

前からやって来た六十代くらいの男女が岳を見て足を止めたのは、そんなときだった。

「貴方もしかして、筑波岳君じゃないかしら？」

眼鏡をかけた女性が、岳の名前を呼ぶ。咄嗟《とっさ》に何の反応もできなかった。

「そうでしょ？　筑波君よね？　クライミングの大会のビデオで見たことがあるわ」

二人は夫婦に見えた、真新しいウェアにザック、登山靴を身につけ、両手にはストックを持ち、肩で息をしている。見るからに初めて夫婦で山に登ってみた、という出で立ちだった。

「はい、そうです……」

言いながら、やっと思い出した。

二人は、謙介の両親だ。

「息子の葬儀のときはありがとう。もしかして、登ってきたの？」

謙介の母が、宝剣岳を指さす。葬儀のときの憔悴《しょうすい》しきった姿に比べると、少しだけ顔色がよく見えた。

何も返せないでいるうちに、謙介の父親から「わざわざありがとうございます」と頭を下げられてしまった。

言え。

耳の奥で、自分の声がした。ここで二人に言え。すべて話せ。それがお前の使命だ、と。

なのに、穂高がそれを遮ってしまう。

「宝剣岳は初心者には厳しいと思うので、この先の急勾配に入る手前で引き返した方がいいと思います」

言い終えてから、彼は小さく咳払《せきばら》いをした。まだ、息が苦しそうだった。

「ええ、私もお父さんも、ここまで来るのにヘトヘトで、とてもあんな山、登れそうにないなと思ってたの」

ねえ？　と顔を見合わせる二人の顔は、決して穏やかではない。目の前に実の息子が命を落とした山があるのだから、当然だ。

でも、わずかながら清々しい顔をしているようにも、見えた。

「山頂まで行かなくても充分だと思うので、どうぞお気をつけて」

会釈した穂高が、二人に道を空ける。「もうちょっと行ってみます」と薄く微笑んで、謙介の両親は岳達が下ってきた道を歩き出す。

「ああ、そうだ、筑波君」

謙介の母親が足を止める。おもむろに振り返って、彼女は微笑んだ。無意識に、頬が強張って背筋が震えた。

「筑波君、クライミング辞めちゃったんでしょ？　謙介が、卒業後も貴方のことを気にしてたのよ。高校のときは部活ばっかりだったから、大学でどうしてるかなーって」

小首を傾《かし》げられ、息を飲んだ。吸い込んだ息はほんの少しだったはずなのに、何故か胸の奥に光が差したような感覚に襲われた。

「大学で登山部に入ったって、筑波君と同じ大学の子？　だったか誰かから聞いたらしくて、嬉《うれ》しそうにしてた。筑波山に登ったり、楽しくやってるんでしょ？」

それじゃあね、登ってくれてありがとう。

最後に夫婦揃《そろ》ってもう一度頭を下げて、二人は宝剣岳に続く登山道を上っていった。ストックで体を支え、岩だらけの道を歩きづらそうに進んでいく。

「謙介さんは自殺なんてしてません！」

気がついたら、そう叫んでいた。再び足を止めた二人が岳を見る。

「宝剣岳の頂上に登って、そう思いました」

それ以上は言葉が続かなかった。謙介の両親はしばらくその場に立ち尽くしていたが、三度目の緩い風が吹き、「そう、ありがとう」と微笑んで、登山道を進んでいった。

「いいんだよ」

離れていく二人の背中から目を逸《そ》らせずにいる岳に、穂高が投げかけてくる。

「……いいんでしょうか」

「慰霊のための山登りは、自分のためにするんだ。少しだけ気持ちが軽くなって、少しだけ大事な人が死んだことを受け入れられる。少しだけ、この先の自分の人生とか、そういうものについて考えられる。その真っ最中の人達に、『息子さんに宝剣岳のことを教えたのは僕です』なんてわざわざ投げつける必要もない」

お前の罪悪感を身勝手に振りかざすな、と諫《いさ》められたようだった。

「自殺じゃない、って岳の素直な気持ちを伝えるだけで、充分だよ」

「……わかりました」

彼がそう言うなら――慰霊登山のために登山仲間を欲する彼が言うのなら、きっとそうなのだと信じたい。

――ああ、やっぱり俺は、許されたいんだ。

「謙介さんは、動画にコメントしたのが岳だって気づいてたと思うよ」

「俺が、大学で登山部に入ったって知ってたからですか？」

誰から聞いたのだろうと思って、ある男の顔が浮かんだ。

「……国方《くにかた》先輩」

彼は謙介の葬儀にも参列していたし、岳の知らないところで、クライマー同士面識があったのだろう。

だとしたら、国方を経由して岳の情報が謙介に渡っていてもおかしくない。

だとしたら、花見《はなみ》川《がわ》総合高校クライミング部の顧問である島本《しまもと》が、岳が登山を始めたことを聞いていても驚かなかったのにも合点がいく。他ならぬ謙介から、聞いていたに違いない。

「それどころか、謙介さんは国方に岳のことを頼んでたんだよ」

「それは……」

どういうことですか。

問いかけは掠《かす》れて、声にならなかった。口をパクパクとさせるだけの岳に、穂高は肩を竦《すく》めた。こそばゆいくらい穏やかな顔で笑った。

「国方が岳をしつこくクライミング部に勧誘してたのは、純粋に岳がほしかったってのもあるだろうけど、実は謙介さんから頼まれたから。なんで俺がそんなことを知ってるかというと、四月に国方から『世話になった人に新入生を構ってやってほしいと頼まれて部に勧誘してるのに、全然相手にしてもらえない』って相談を受けたから」

「ちょ、ちょっと待ってくださいっ」

それは——、
それは。

「じゃあ、もしかして、穂高さんがクラブハウス棟の屋根から帽子を飛ばしたのって……」

咄嗟に、自分の被ったモスグリーンの帽子に手をやった。ほのかに汗で湿った帽子は、太陽光を吸収して温かかった。

『君が持ってるその帽子も、俺がわざと飛ばしたと思ってる？』

筑波山の山頂で彼は確かに、そう言ったのに。「そんなわけないだろ」とでも言いたげに笑っていたのに。

「中庭に国方を見つけて、ああーあれが国方が頼まれたという新入生か、と思って、被ってた帽子を風にのせて飛ばしてみた。もし上手いこと新入生のところに飛んでいったら、登山仲間に引き入れようと思ってね」

　モスグリーンの帽子は、風に流されて岳のもとに飛んできた。

　岳は帽子を拾い、国方は「届けてやったら」と言った。あの時点で、国方は穂高が助け船を出したと気づいていたに違いない。

　そして、岳は穂高の前に現れた。

「『筑波岳をクライミング部に勧誘したいから手伝ってくれ』と国方先輩に言われたって筑波山で話してくれたのも、嘘《うそ》だったんですか」

「正確には、『筑波岳をクライミング部に勧誘したいから手伝ってくれ。でも彼が登山部に入りたいと言うなら、世話をしてやってくれ』って言われたよ。筑波山に登ったあと、岳が登山部に入ったって伝えたら随分安心してたから、謙介さんにそのことを報告したんじゃないかな」

　その後、動画に登山を勧めるようなコメントがついて、謙介はどう思っただろう。岳が筑波山に登ったと国方から聞き、自分と同じ名前の山で岳は何かを感じたようだと、彼は思ったのだろうか。

だとしたら間違いなく、コメントの主が岳だと気づいたはずだ。

「謙介さんは岳がコメントしたんだと気づいてたから、宝剣岳の山頂で岳に連絡しようとしたんだよ」

——お前が教えてくれた宝剣岳、登ったぞ。

——いい眺めだな。

そう、言おうとしたのだろうか。俺も登山やってみようかな、なんて思ったりしたのだろうか。

その後起こったことがどんな悲劇であろうと、そこだけは、よかったと思っていいだろうか。たとえ、彼の死によってすべてがひっくり返ってしまったとしても。

そこだけは……その一点だけは。

「穂高さん、俺に隠し事ばっかりしてたんですね」

自分の声が思っていたよりずっと穏やかで、安堵《あんど》した。冷え切っていた胸が、少しだけ温かくなった気がした。

「国方に口止めされてたんだよ。ていうか、国方自身も、謙介さんから口止めされてたんじゃないかな。『本人には絶対に口外するな』ってしつこく言われたから」

あんな最悪な別れ方をした教え子を、そこまで気にかけていたのか。岳は改めて宝剣岳を振り返った。切り立った山頂の向こうには、夏を象徴する大きく白い雲が湧き上がっていた。

「それにさ」

居心地悪そうに視線を泳がせた末に、穂高の視線が岳を捉える。

「隠し事が多かったのは、お互い様だろ。俺はてっきり、岳が日《ひ》の出《で》山《やま》か、木曽駒ヶ岳の山頂で、本当のことを言ってくれると思ってたのに。逆に俺の秘密ばっかり暴くんだから」

くすっと笑って、穂高は歩き出した。もう、いつも通りの彼に戻っていた。少し間を置いて、岳も宝剣山荘を目指して坂を下る。

「十月に、一緒に聖岳に登ってほしい」

振り返ることなく、穂高が言ってくる。

「あと、いつか穂高連峰にも行こう。テントとたっぷりの食料を背負って、何日もかけて縦走しよう」

穂高の口調は心なしか早口で、彼が何かを探っているのか、何かを恐れているのがわかる。山には登らない。岳がそう言うかもしれないと、怯《おび》えている。

もう登りたくないと、宝剣岳の山頂で一瞬だけ思った。でも、その一瞬を飲み込んでしまうくらいのたくさんのものを、俺はもう見てしまった。

一度知ってしまったら、もう戻れない。知らない頃の自分に戻れない。

「いいですよ、穂高さん。登りましょう」

下山前に、宝剣山荘で休憩をした。人気商品だというソフトクリームを食べた。

売店に飲み物を買いに行った穂高がとんでもない剣幕で駆け寄ってきたのは、先に山荘を出た岳が軽くストレッチをしているときだった。

「岳っ！」

乱暴に岳の腕を掴むと、穂高は建物の中に戻っていく。引き摺《ず》られるようにして着いていくと、休憩スペースの一角に、登山客が山登りの感想や意気込み、記録を自由に書き込めるノートが置いてあった。

「見て」

ノートを穂高が見せてくる。「初めて登りました」「十回目です」「結婚記念登山」「いつ登っても楽しい〜」……さまざまな筆跡で、ここを訪れた人の言葉が綴《つづ》られていた。

その中に、見覚えのある字を見つけた。

〈きっと、この先の一歩に繋《つな》がる登山に違いない、と信じています。　Kensuke T〉

添えられた日付は、間違いなく、謙介の事故があった日だった。

「謙介さんだ」

間違いなく、宝田謙介の字だった。

練習メニューを書いたホワイトボード、練習日誌、大会にエントリーするための書類、いろんなところで見た、謙介の字だ。

涙は、今度は風に掻き消されることはなかった。

エピローグ

何故死んでいないのだろう、と思った。

視界が真っ赤だった。遠くで何かが爆《は》ぜ、燃え上がる音がする。誰の声も聞こえない。不快な匂いがするが、何の匂いなのかは自分には表現できなかった。

白い何かが天から舞い降りてくる。雪かと思った。手を伸ばそうとしたが、体はぴくりとも動かない。

ほのかに灰色がかった白い欠片が、鼻先を掠《かす》めてどこかへ行った。雪ではなく、燃えて灰になった木の葉だった。端っこがわずかに、赤く色づいていた。

さっきまで、飛行機の中から綺麗《きれい》な紅葉を見ていた。赤、黄色、茶。鮮やかに染まった山は美しく、上から見てこんなに綺麗なら、実際に登ったらもっと綺麗に違いないと思った。

綺麗だったはずの紅葉は、燃えて灰になっていた。

——そこで、目が覚めた。

オレンジ色のテントの天井から、午後の日差しがぼんやりと透けて見える。大きく伸びをして、欠伸をして、梓川穂高《あずさがわほだか》はテントを出た。クラブハウス棟の屋根の上でもう一度伸びをして、コーヒーでも淹《い》れようかと愛用のバーナーとケトルをザックから取り出す。

「今日はまだ一人なんだね」

窓が開き、ミステリ研究会の会長、水瀬《みなせ》が顔を出す。「あっ」と声を上げて、穂高はザックから一冊の文庫本を引っ張り出した。

「借りっぱなしだった本、返す」

「どうだった？　主人公が実は犯人のミステリ小説。筑波《つくば》君の悩みを解決するのに役立った？」

文庫本のページを捲《めく》って、水瀬は嬉《うれ》しそうに眼鏡の位置を直す。

宝田謙介《たからだけんすけ》の死は、宝剣《ほうけん》山荘で見つかった彼の手書きメッセージにより、自殺ではなく事故と結論づけられた。

遺された側がそれをどう受け止め、どう咀嚼《そしゃく》するかは、穂高にどうこうできる領域の話ではない。

「役に立ったような、立たなかったようなって感じかな。でも、純粋に読んでて面白かったよ」

「それはよかった。穂高君に、筑波君が何か巨大な秘密を抱えてるかもしれないと相談されたときは、びっくりしたけど」

そんな話をしたのは、岳《がく》の母校である花見《はなみ》川《がわ》総合高校を訪ねた直後のことだった。岳に実家に帰ることを勧めて、その足で真っ直ぐ大学に向かった。

ミステリ研究会とはいえ、水瀬が謎を解決してくれるなんて期待したことがない。だからあくまで相談をしただけだ。けれど、「僕はミステリ小説が好きなだけで謎は解けない奴だから」と言いながら貸してくれた小説は、少しだけ役に立った……気がする。

抱えたものが大きすぎるから、その分だけ口が重くなってしまう。しかし、誰よりも当人がそれに苦しんでいる。

だから、救ってやりたかった。

そして、また自分と山に登ってほしかった。

「一緒に謎に挑もうとしている仲間が怪しいなんて、信頼できない語り手ものを読むしかないよね、って思ったんだよ」

好きな小説を布教できてそんなに嬉しいのだろうか、水瀬は機嫌良くいつも座っている席へと移動する。

「次は、容疑者が全員犯人っていう小説でもどう？」

「読む前にネタバレ聞いちゃったじゃん」

ははっと笑ったら、中庭に後輩の姿を見つけた。授業が早めに終わったのか、小島《こじま》とかいう名前の友人と連れだって教室棟から出てくる。楽しげに言葉を交わしながら中庭を進み、クラブハウス棟の前で別れる。

一分もしないうちに、部室のドアをノックする音が聞こえた。水瀬が「はーい」と応答すると、ドアがゆっくりと開く。

「コーヒー淹れようと思ってたんだけど、飲む？」

お疲れ様でーす、と言いかけた彼は、「あ、飲みます」と首を縦に振った。当たり前という顔で窓のサッシを跨《また》ぎ、屋根の上にひらりと降りる。

「コーヒーでも飲みながら、週末にどこの山に登るか考えようか」

――岳は、どこに登りたい？

自分の声が弾んでいることに気づいて、堪《たま》らなくおかしくなった。声を上げ笑ったら、「何がそんなに面白いんですか」と岳も肩を揺らした。

さあ、次は、どこの山に彼と登ろうか。


（了）

風《かぜ》は山《やま》から吹《ふ》いている

——Why climb mountains with me?

二〇二一年 五月二〇日 初版発行

著者 額賀《ぬかが》 澪《みお》

発行所 株式会社二見書房
東京都千代田区神田三崎町二-十八-十一
電話 〇三（三五一五）二三一一〔営業〕
〇三（三五一五）二三一三〔編集〕
振替 〇〇一七〇-四-二六三九

印刷／製本 株式会社堀内印刷所

落丁・乱丁本はお取り替えいたします。
定価は、カバーに表示してあります。

ISBN978-4-576-21066-7
https://www.futami.co.jp

Why
climb mountains
with me?